まるわかり！これからはじめる源氏物語

島村洋子

双葉社

まるわかり！　これからはじめる源氏物語　目次

❖はじめに　004
❖源氏物語の系図　008
その1「桐壺」から「若菜 上」までを中心に
その2「若菜下」から「夢浮橋」までを中心に
❖源氏物語の舞台　012

一……桐《きり》壺《つぼ》　018
二……帚《はは》木《ぎ》　025
三……空《うつ》蝉《せみ》　030
四……夕《ゆう》顔《がお》　036
五……若《わか》紫《むらさき》　044
六……末《すえ》摘《つむ》花《はな》　051
七……紅《もみ》葉《じの》賀《が》　055
八……花《はなの》宴《えん》　059
九……葵《あおい》　063
十……賢《さか》木《き》　070

十一……花《はな》散《ちる》里《さと》　075
十二……須《す》磨《ま》　078
十三……明《あか》石《し》　086
十四……澪《みお》標《つくし》　092
十五……蓬《よもぎ》生《う》　098
十六……関《せき》屋《や》　101
十七……絵《え》合《あわせ》　104
十八……松《まつ》風《かぜ》　107
十九……薄《うす》雲《ぐも》　111
二十……朝《あさ》顔《がお》　118
二十一……少《お》女《とめ》　122
二十二……玉《たま》鬘《かずら》　127
二十三……初《はつ》音《ね》　132
二十四……胡《こ》蝶《ちょう》　135
二十五……螢《ほたる》　138

二十六……常夏《とこなつ》 141
二十七……篝火《かがりび》 144
二十八……野分《のわき》 146
二十九……行幸《みゆき》 149
三十……藤袴《ふじばかま》 152
三十一……真木柱《まきばしら》 155
三十二……梅枝《うめがえ》 160
三十三……藤裏葉《ふじのうらば》 163
三十四……若菜上《わかなじょう》 167
三十五……若菜下《わかなげ》 174
三十六……柏木《かしわぎ》 183
三十七……横笛《よこぶえ》 188
三十八……鈴虫《すずむし》 191
三十九……夕霧《ゆうぎり》 194
四十……御法《みのり》 199
四十一……幻《まぼろし》 203
雲隠《くもがくれ》 207
四十二……匂宮《におうみや》 208
四十三……紅梅《こうばい》 211
四十四……竹河《たけかわ》 213
四十五……橋姫《はしひめ》 215
四十六……椎本《しいがもと》 220
四十七……総角《あげまき》 223
四十八……早蕨《さわらび》 229
四十九……宿木《やどりぎ》 232
五十……東屋《あずまや》 238
五十一……浮舟《うきふね》 242
五十二……蜻蛉《かげろう》 248
五十三……手習《てならい》 252
五十四……夢浮橋《ゆめのうきはし》 256
❖源氏物語メモ 260

はじめに

『源氏物語《げんじものがたり》』のことは日本人なら誰でも一度はその作品名を聞いたことはあるし、作者とされる『紫式部《むらさきしきぶ》』という人の名前も何かの機会に見たことがあると思います。

しかしその内容をしっかり把握している、と自信を持って言える方はそれほどいらっしゃらないのではないでしょうか。

その理由はいくつか考えられますが、まずかなりのボリュームのある作品であることが一因だと思います。

時の経過とともに失われた巻もあり、また写本によって違いもありますが、五十四帖《じょう》からなるその作品は「光源氏《ひかるげんじ》」という主人公の一生のみならず、その父や子、あるいは友人や恋人などの人生にも及び、話が多岐にわたって展開するためにさながら大河ドラマのような様相を呈しています。

誰もがいつか時間のある時にチャレンジしてみようと思っていても、読み切るのはなかなか容易ではないですし、当時の風習や考え方も今とはまったく違うため、読めたとしてもどこかピンとこない事象も多くあります。

学校の授業で冒頭の「桐壺」などを学ぶこともありますが、すべてとなればかなり時間がかかります。

全巻を学ぶとなると専門の講座を受けたり本腰を入れて学習することになりますが、多くの方はうすく触れることになりがちで、どうやら恋物語らしいとか、光源氏という人はプレイボーイらしいとか、なんとなくぼんやりとした印象を持つだけで終わることも多いだろうと思います。

かくいう私もお恥ずかしい話ですが、『源氏物語』は『平家物語《へいけものがたり》』と対をなす源《みなもとのよりとも》　頼朝や源《みなもとのよしつね》　義経が活躍する戦記物だと勘違いしていた時代もありました。

そのうち漫画になったり映画になったりした『源氏物語』に触れる機会もあり、それを入り口にようやく原本をあらためて読んでみて、その普遍的な新しさや登場人物のこまやかな心の動きに驚きました。

嫉妬や喜び、不倫や失恋、浮気者の言い訳、どの女性が自分のタイプだと告白しあう男たち、なかなかやって来ない男に不満たらたらの女、浮気相手に呪いをかける人やまたその怨霊など、当時の貴族社会も今のサラリーマンと同じで左遷される人や逆に出世する人もいたりもします。

その行動や思うことは現在とほとんど変わらず、これが千年以上前に書かれた物語だとは信じられないぐらいの面白さでした。

大昔のことですからSNS等は存在しませんが、デートのあとには和歌を送り合ったり、逢えない切なさを書いて泣きついたりという姿も現代の若者とそんなに変わりません。

とはいえこれほど完成されていて世界に誇れる作品がありながら、一般的にはなかなか接する機会が持てないというのも残念なことだと思いました。

カテゴリーが古典であるためにエンターテインメントとして扱われづらいのは仕方がないことなのですが、原本をドラマチックにするために原作にない出来事を書き加えたり、また逆に地味だけれど大切なシーンを割愛したりした作品も多くなっています（それはそれで読み物としてはたいへん面白くなっているのですが）。

あるいはまったく逆に書店には専門家に向けた難しいものも交ざっていたりもしますので、まず最初に何を手にして良いのかわからなかったかつての自分にプレゼントできるような本を作りたいと、僭越《せんえつ》ながら考えておりました。

ようやくその思いが叶い、いろいろな方のお力をお借りして今回この本を出版できることは望外の喜びです。

かつてあったモルトウイスキーの宣伝文句のように「なにも足さない。なにも引かない。」ことを心掛けながら、十分な図説や語句説明が加えられてあります。

教養として、あるいはただ楽しむために、また受験生にもどなたにでも『源氏物語』に興味を持った方すべてに本書を手にしていただけたらと祈っております。

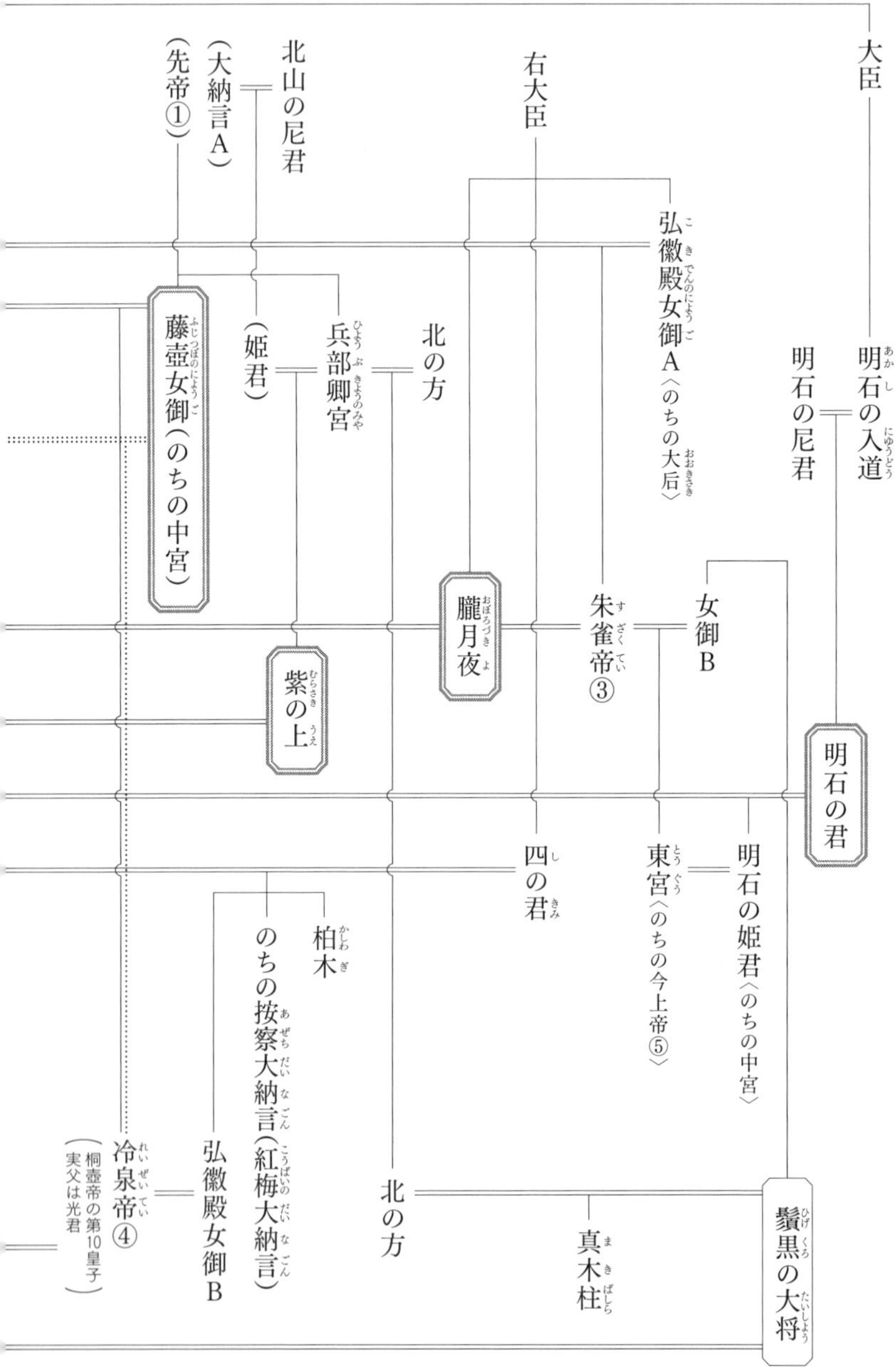
大臣
明石《あかし》の入道《にゅうどう》
明石の尼君
右大臣
弘徽殿女御《こきでんのにょうご》A〈のちの大后《おおきさき》〉
北山の尼君
（大納言A）
（先帝①）
藤壺女御《ふじつぼのにょうご》（のちの中宮）
（姫君）
兵部卿宮《ひょうぶきょうのみや》
北の方
女御B
朱雀帝《すざくてい》③
朧月夜《おぼろづきよ》
紫《むらさき》の上《うえ》
明石の君
明石の姫君〈のちの中宮〉
東宮《とうぐう》〈のちの今上帝⑤〉
四《し》の君《きみ》
柏木《かしわぎ》
のちの按察大納言《あぜちだいなごん》（紅梅大納言《こうばいのだいなごん》）
弘徽殿女御B
冷泉帝《れいぜいてい》④
（桐壺帝の第10皇子 実父は光君）
北の方
真木柱《まきばしら》
鬚黒《ひげくろ》の大将《たいしょう》

〈その1〉「桐壺」から「若菜 上」までを中心に

注 ══ 夫婦・恋人 ── 親子 ……… 不義の関係 ┌─┐ 兄弟姉妹
①②…は天皇の順位順。
（　）内は故人と思われる人物。
『源氏物語を行く』（秋山虔ほか 小学館）の系図を参考に作成しました。

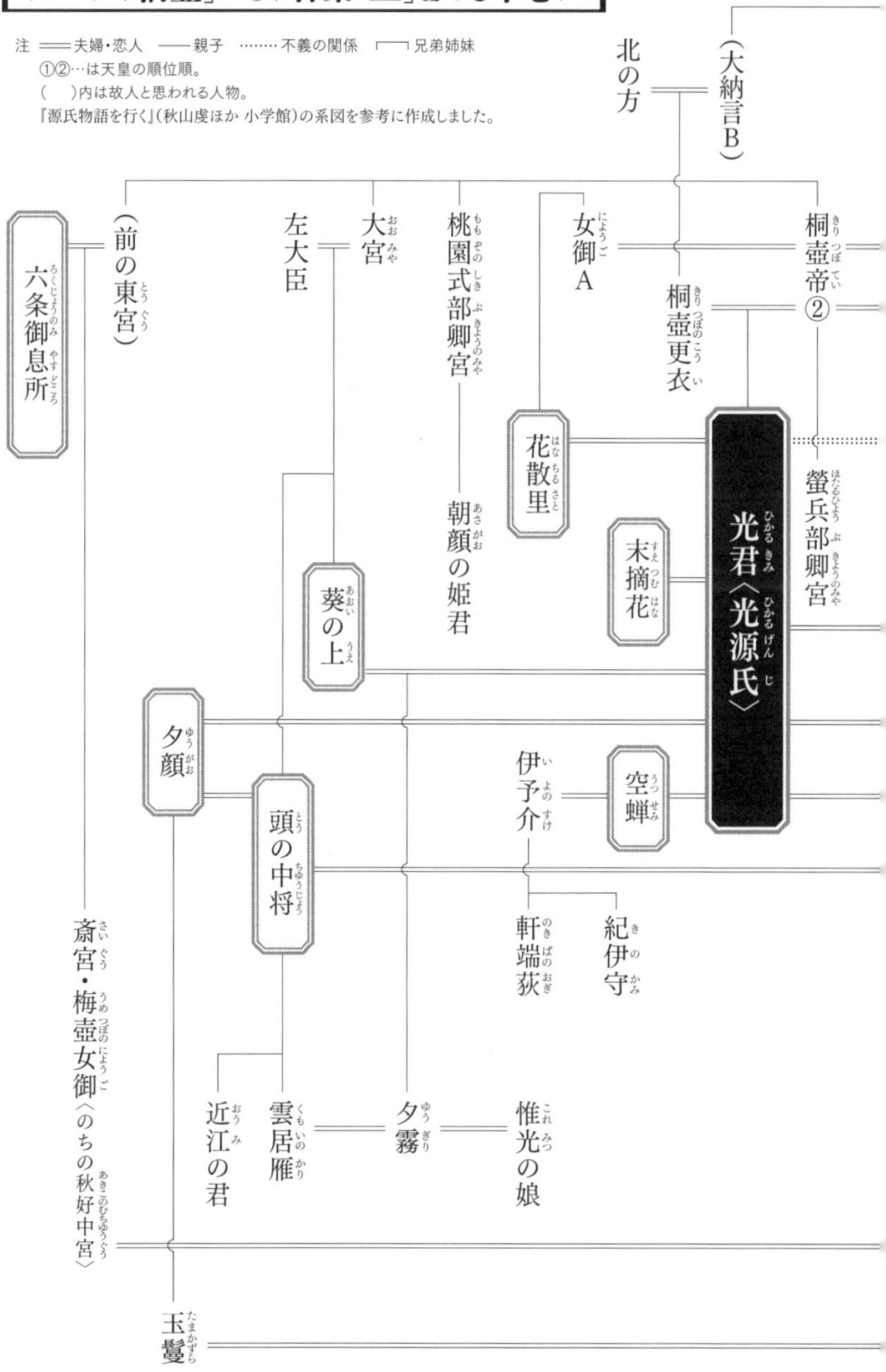

〈その2〉「若菜 下」から「夢浮橋」までを中心に

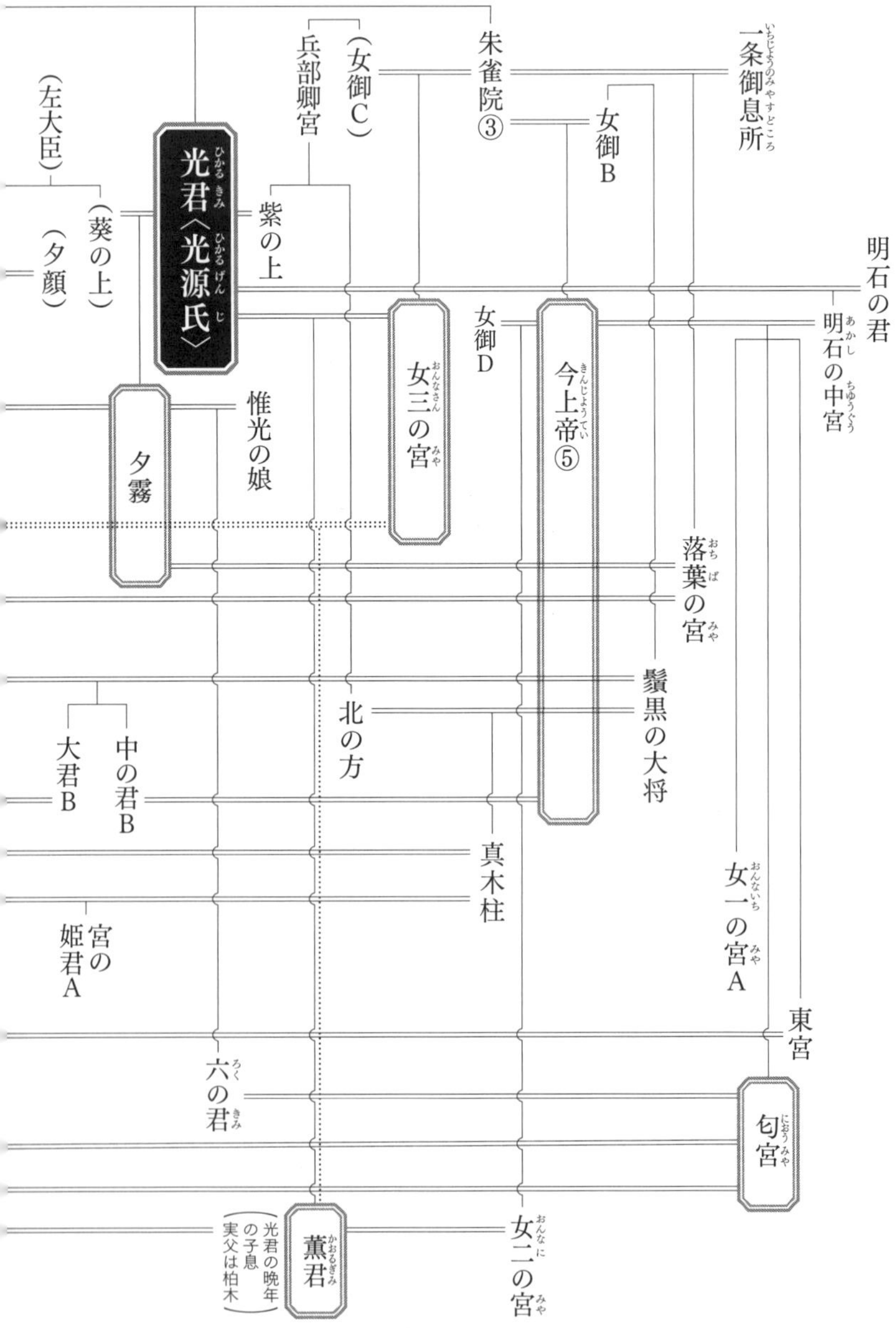

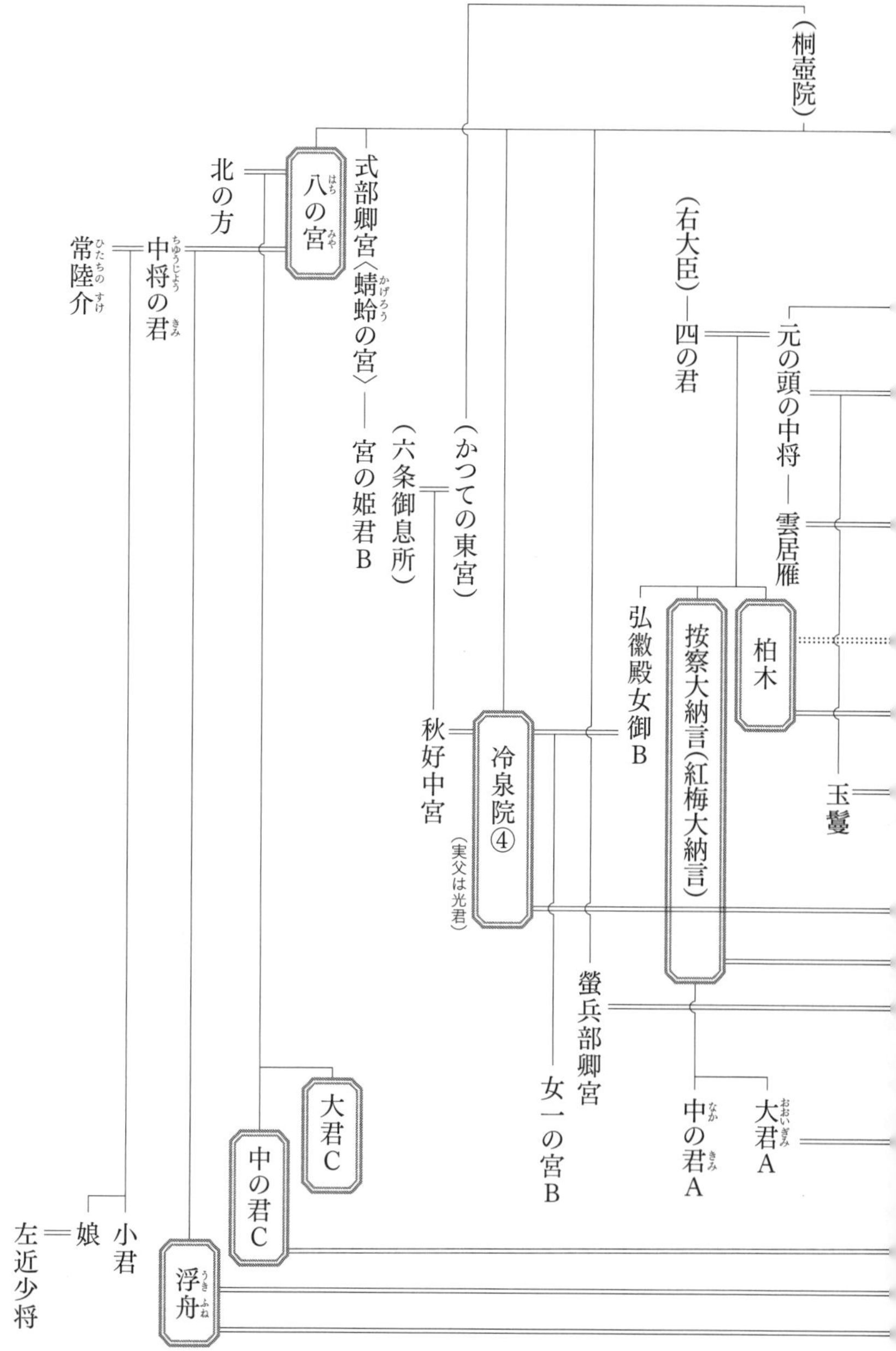

注 ══夫婦・恋人 ──親子 ……不義の関係 ┌─┐兄弟姉妹
①②…は天皇の順位順。( )内は故人と思われる人物。
『源氏物語を行く』(秋山虔ほか 小学館)の系図を参考に作成しました。

源氏物語の舞台

平安京

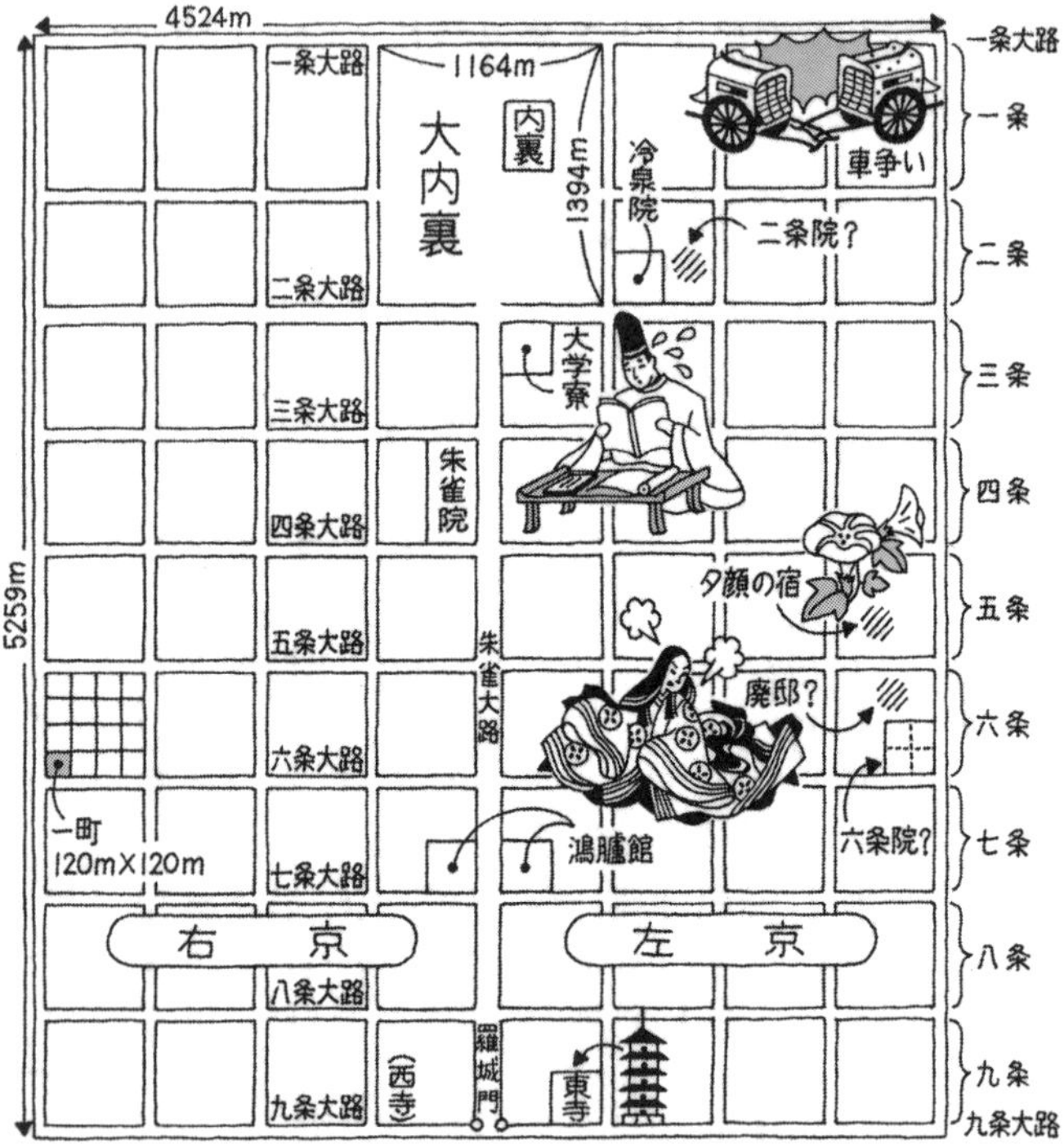

平安京ってどんなところ？

左端の灰色の1コマが、平安京ができた当時の公卿の邸の基準の広さで、一町《まち》という単位。120メートル四方で、庶民の家はこの32分の1。

大内裏《だいだいり》は現在の京都御所にあたるが、その2倍の広さがあり、現在よりずっと西に位置する。中央を走る朱雀大路は幅84メートル、長さ4キロメートル。大内裏の中には役所や内裏（左ページ）がある。車争い（64ページ）で六条御息所が屈辱を味わったのは一条大路。

光君の最初の邸宅「二条院」はおそらく一町の広さ。大学寮では夕霧が学んだ。三条あたりまでが高級貴族の住宅地で、六条御息所を除けば、物語の主な登場人物たちの邸はすべてこの周辺にある。

夕顔の宿のあった五条あたりまでが庶民の住宅地で、それより南は寂れた別荘地である。図で六条院としたところは河原院という邸で、夕顔が物の怪に取り殺された廃邸も六条院もここがモデルではないかといわれている。

鴻臚館《こうろかん》は外国の使節を接待する館で、桐壺帝が幼い光君を高麗の占い師にみせたところ。西寺は焼け、東寺は今もＪＲ京都駅の南西に残っている。

内裏の様子

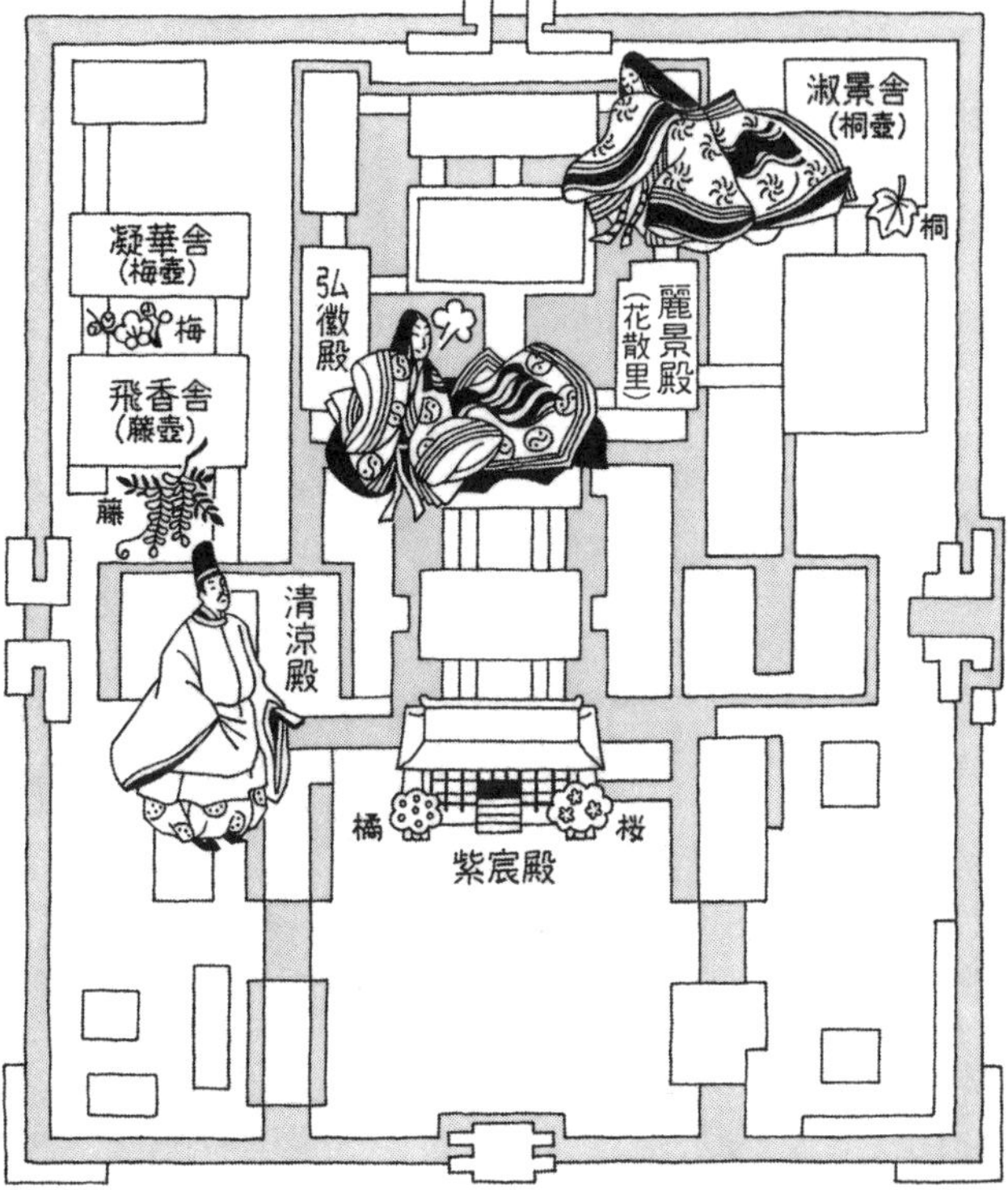

天皇はこんなところに住んでいた！

大内裏のうち、天皇の住居としての宮殿を「内裏《だいり》」という。この言葉はひな人形の「内裏びな」として現代にも残っている。御所は皇居。南面する中央の紫宸殿《ししんでん》は天皇が政務を執り、儀式を行う建物。

清涼殿《せいりょうでん》は天皇が日常生活をする建物。ここに出入りできる者が殿上人《てんじょうびと》。清涼殿の奥は妃たちが住む後宮《こうきゅう》である。

清涼殿に近い弘徽殿《こきでん》や飛香舎《ひぎょうしゃ》（通称＝藤壺）などには、有力な親を持つ位の高い女御が住まう。女御より下の階級の更衣で、しかも清涼殿から一番遠い淑景舎（通称＝桐壺）に住まう桐壺更衣を帝が一番寵愛したことで起こる混乱は想像を絶する。格上の妃たちの怒りをかうばかりでなく、その後見者たちも、自分の娘が帝の子を産む可能性を低められるのだから看過しえない。桐壺更衣は、清涼殿に通う廊下の両側の扉を閉められたり、通路に汚物をまかれたりするいじめにあった。

妃たちは、住まう建物の名で呼ばれる。この物語でも弘徽殿女御が2人登場するゆえんである。建物の一部には、中庭に植えてある木の名前から、藤壺、梅壺、桐壺などの別称があり（「壺」は庭の意味）、それが妃たちの通称になった。

寝殿の内部

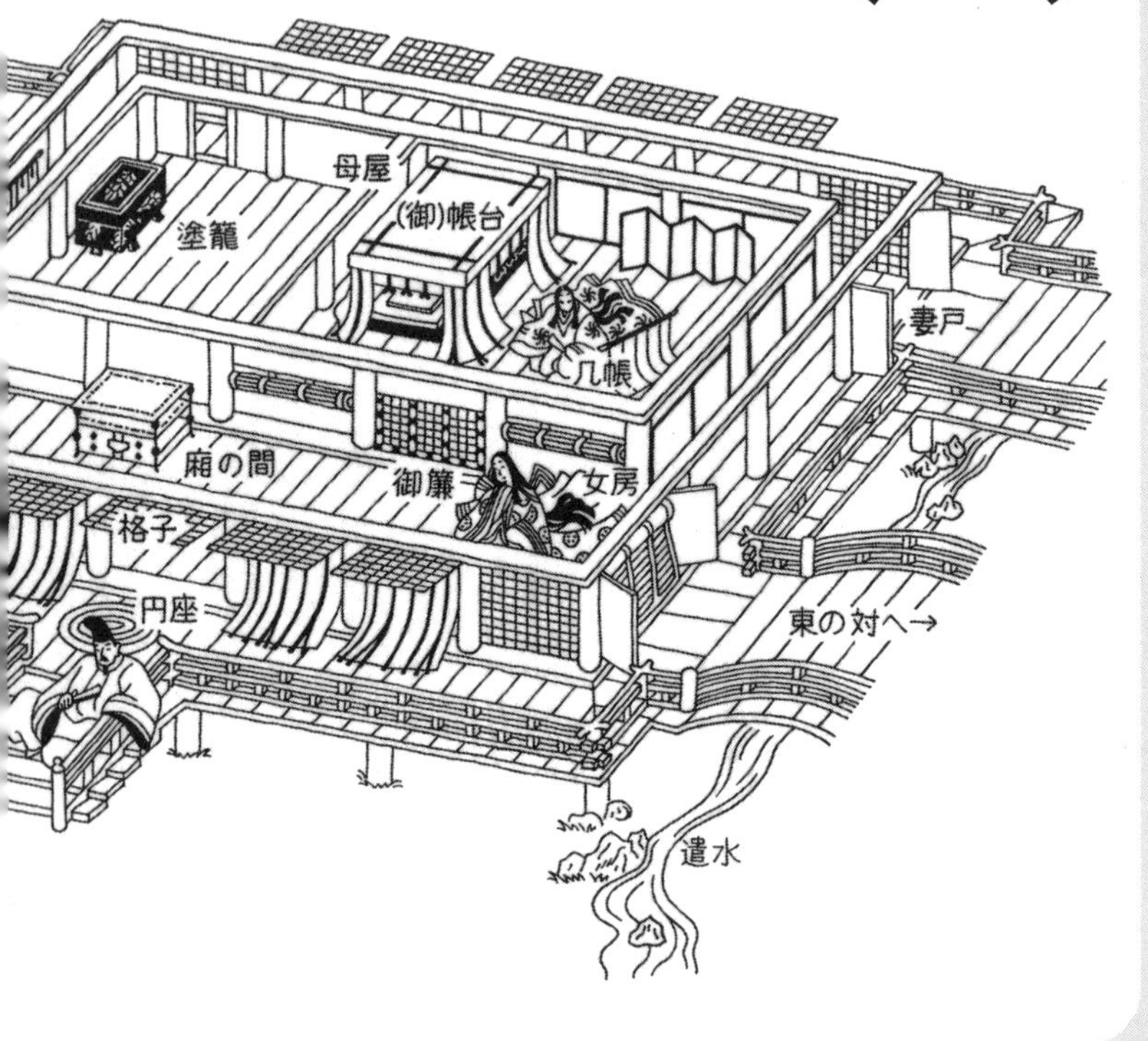

物語が生まれる 貴族のプライベート空間

上のイラストは、左ページの寝殿造り様式のうちの寝殿の内部。

女君が住む場合として見てみよう。女君の生活スペースは母屋《もや》の中で、外出もそれほどしないから人生のほとんどをこの中で過ごすことになる。作品中、いちいち書かれてはいないが、男女関係がもたれるのもすべてこの中。板張りだが、薄縁《うすべり》（＝ござ）を敷くこともある。（御）帳台はベッド。畳を敷き、衾《ふすま》（薄いふとんのようなもの）をかけ、着物を着て寝る。本を読んだりして過ごすことも多い。帳台の広さは畳で約3枚分。

塗籠《ぬりごめ》は納戸。光君は藤壺との密会の際、女房にここに隠してもらったし、落葉の宮は、夕霧を避けてこの中に籠城した（197ページを参照）。

母屋に入れてもらえる男性は親、兄弟、そして通ってきた夫まで。よほど親しいか高貴な相手の場合でも、廂《ひさし》の間まで。それでも御簾《みす》や几帳を隔ててでないと応対してもらえない。応対も女房を介してである。

初めは簀子《すのこ》までしか上がれない。円座には座らせてもらえるが、吹きさらしである。「ここではお声が遠いし、あんまりです」と言って、男たちは少しでも中に入れてもらうとする。「決して失礼なことはしませんから」などと言いながら……。

妻戸《つまど》が、現代のドアやシャッターだが、建物全体に間仕切りが少なく、無防備である。

女三の宮の猫はひもでつながれていたが、簀子に飛び出した拍子に御簾（右図では几帳）を巻き上げて、女三の宮は柏木に姿を見られてしまい、悲劇は始まった。

夕霧は開いていた妻戸から紫の上を垣間見た。女房は廂の間で寝たり、ときには女主人と同じ母屋で眠る。紫の上は、光君と女三の宮の婚儀が整った夜、一睡もできなかったが、近くで寝ている女房たちに変に思われたくなくて身じろぎもしなかった、と原典にある。


寝殿造りは平安時代の貴族の住宅の建築様式。

寝殿は南向きで、寝殿に面し池を造り、四方を築地《ついじ》で囲い、東西に門を設ける。寝殿の東、西、北に「対《たい》の屋《や》」を置く。夫婦で住む場合、主人が寝殿に住み、北の対に夫人が住むことが多い。そこから正夫人を「北の方」と呼ぶようになった。

対の屋は廊下でつながれる。廊下には、渡殿《わたどの》といって、女房のための小部屋を設けるものもある。

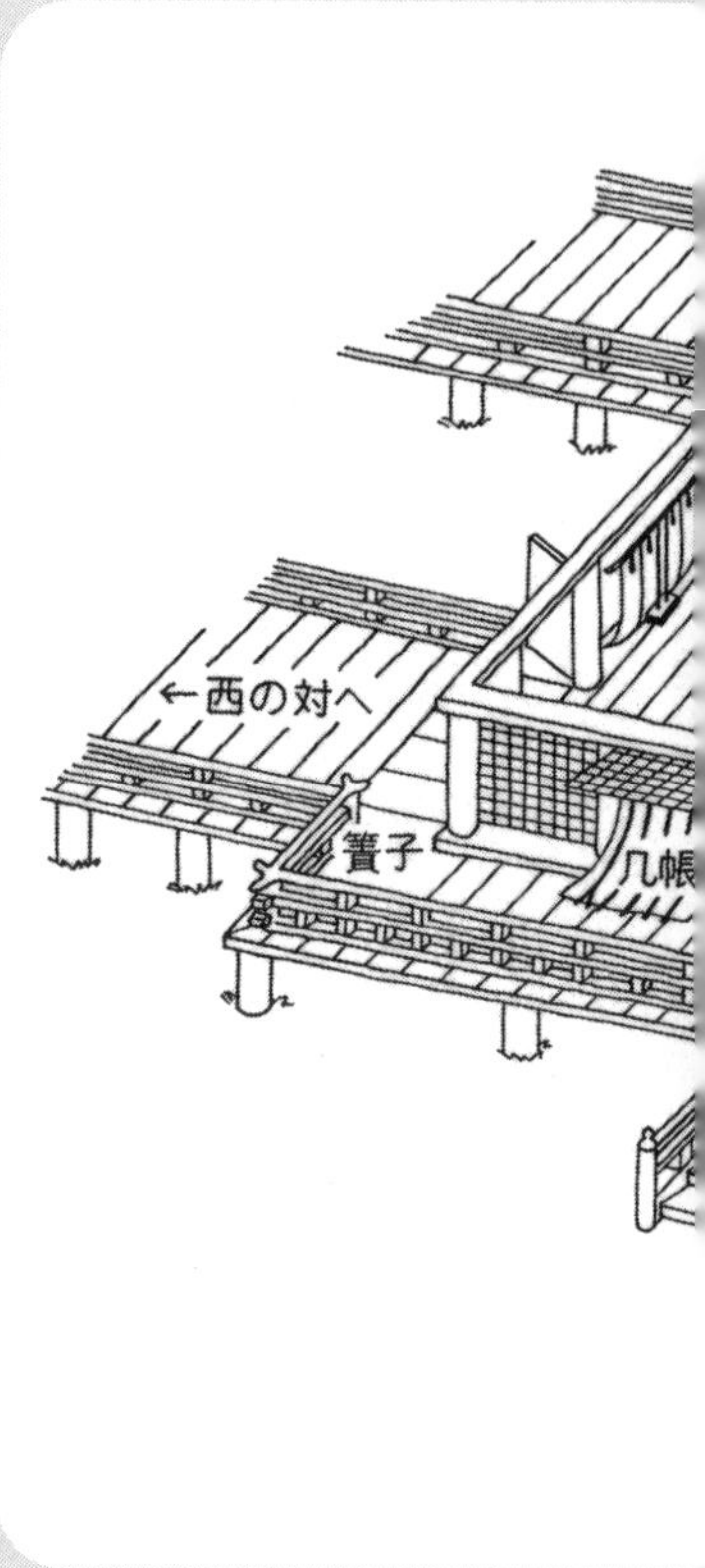

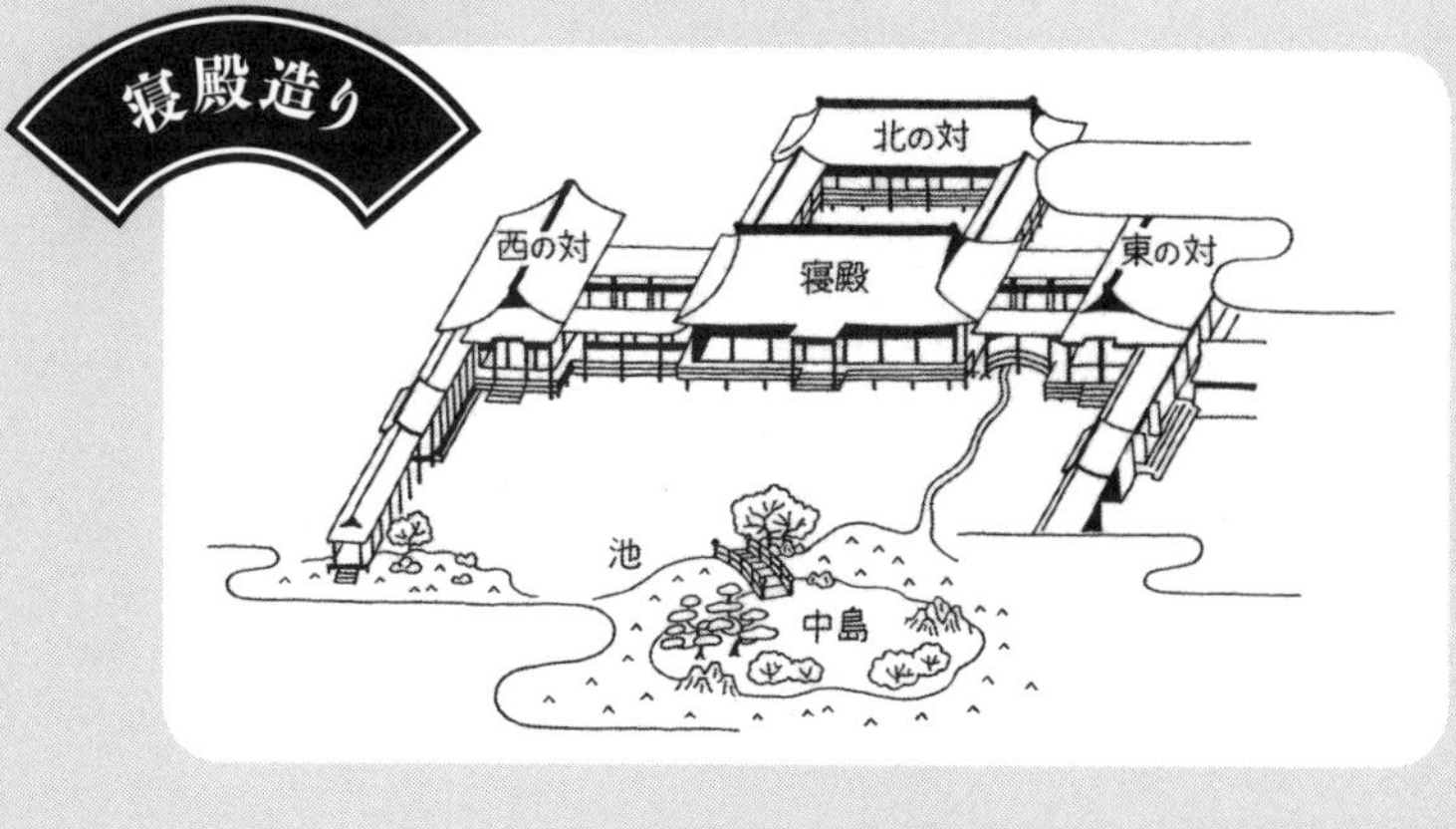

六条院

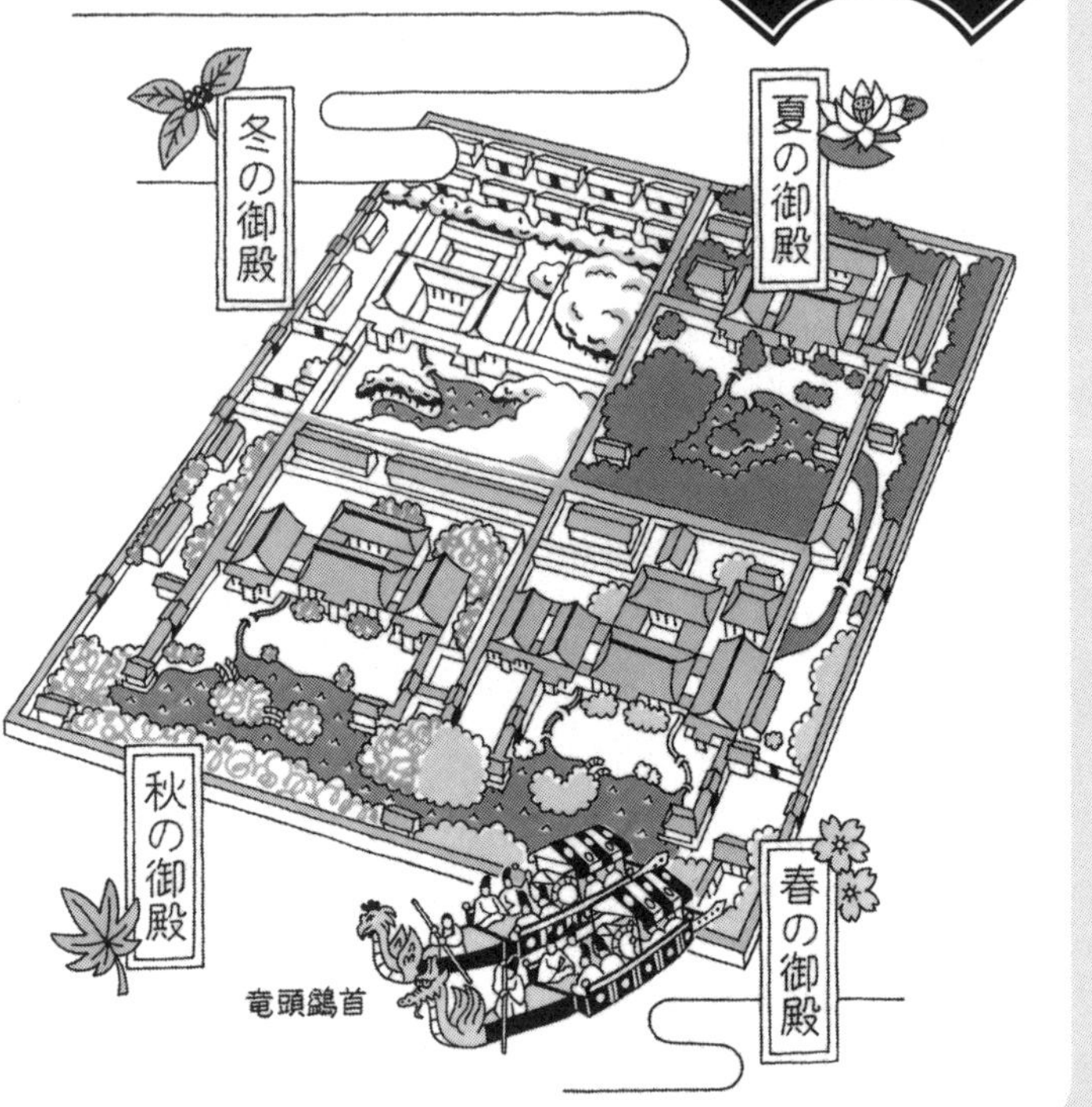

光君が35歳で建てた、50メートル四方という壮大な邸宅。藤原道長の邸の2倍の広さを持つ。光君は、関わった女性たちを二条東院に集めるという構想をさらに拡大して、この六条院を建てた。

光君は六条院を4分割し、春夏秋冬の御殿とした。おそらく光君の心のうちには「四季＝完全な世界＝浄土」という図式が見えていたのであろう。

◆春の御殿（東南の町）

光君と六条院全体の女主人・紫の上が住まい、明石の姫君を養女として迎える。のちに女三の宮がここに入ってきたことによって、紫の上は対の屋に追いやられる。そしてこの理想郷の崩壊が始まる。

◆夏の御殿（東北の町）

花散里が住まい、のちに玉鬘もここに迎え入れられる。

◆秋の御殿（西南の町）

この一画はもともと六条御息所の邸跡である。光君が、御息所の死後、その娘・梅壺（元の斎宮）を養女にすることで譲り受けたのだろう。梅壺が入内し中宮（秋好中宮）となってからも里下がりの折りはこの御殿に入った。

◆冬の御殿（西北の町）

六条院落成後、やや遅れて明石の君が入った。光君の没後も明石の君はこの御殿で暮らす。

（フェリス女学院大学・三田村雅子教授監修の図などを参考に作成しました）

まるわかり！　これからはじめる源氏物語

一……桐壺《きりつぼ》

「桐壺」 御所の中の、帝の妃たちが生活する建物の一つ。帝の起居する清涼殿から一番遠くにある（13ページの図参照）。庭（壺といった）に桐の木があることからついた通称。更衣であった光君の母が住んでいた。光君誕生〜12歳。

桐壺更衣《きりつぼのこうい》(1)が死んだとき光君《ひかるぎみ》はまだ三歳だったから、母の死の記憶はない。

しかし母の話は女房たちから、あるいは実父の桐壺帝《きりつぼてい》からよく聞いた。

話の感じから想像するに母は身分があまり高くはなく、本来ならば他の方々をさしおいて寵愛《ちょうあい》を受けることはないはずだったにもかかわらず、格別に愛されたらしい。

そしてそれがもとで身分の高い方々からいろいろないじめに遭い、心労がもとで若くして死んでしまったという。

きっと母は美しく思いやりにあふれた人だったのだろう、と光君は思っている。帝《みかど》(2)がよくそうおっしゃっていたから。

「私があまりにあなたのお母さまに夢中になって、唐の『長恨歌《ちょうごんか》』の例まで持ち出したのでみなにいろいろ心配されたものですよ」

帝はほほ笑みながらその詩を光君に教えてくださった。

「唐の玄宗皇帝《げんそうこうてい》が楊貴妃《ようきひ》という美女を愛し過ぎたために国が乱れた」という白居易《はくきょい》の詩は幼い光

君の胸をも打った。

それほど人を愛しく思う気持ち、というのはどこから来るのだろう、いつか自分もそんな思いを味わうのだろうか、と考えて眠れなくなった日もあったほどだ。

父帝は先に妃《きさき》(3)になった弘徽殿女御《こきでんのにょうご》(4)よりも母が大切だったのだろうか。だから私はこんなにあの方から疎まれているのかもしれない。

帝ご自身は、右大臣の娘であって身分の高い弘徽殿女御の皇子である一の宮(5)より、私のほうを愛しく思っていらっしゃるのかもしれない。一の宮といらっしゃるより、私をそばにおいてくださることのほうが圧倒的に多いのだから。

ならばどうして、と光君は考えた。

私は臣下《しんか》にされて、『源』という姓を賜《たまわ》ることになったのだろう(6)。

やはり自分には有力な後見人がいないからだろうか。

それとも自分が東宮《とうぐう》になってしまっては国が乱れると言った、あの高麗《こま》(7)から来た占い師の言葉を信じておられたのだろうか。

光君は父帝《ちちみかど》の心を測りかねていた。

高麗から来た占い師は、光君の顔を見るなり驚いた様子で、

「将来は帝になられるほどの高貴なお顔でいらっしゃいますが、そうなると国に大きな混乱が起きます。しかし、ただの重臣で終わられるようにも思えません。不思議なご人相です」

と言った。

それを黙って聞いていた帝は、弘徽殿女御が産んだ一の宮にゆくゆくは位を譲ることを決意して光君を臣下にしたのだ。


桐壺帝は、光君に不思議な陰があることに光君が幼いころから気づいていた。

それは物心つかないうちに母親を亡くしているから、という単純な理由だけにはとどまらないような、深い深いもののように帝には感じられた。

何か漠たるものがあの小さいからだに潜んでいる。

それが人々の憧れを吸引する彼の魅力となり、みなに「光り輝いているように美しい」と言われる所以《ゆえん》でもあるのかもしれないが。

それに、と帝は考えた。

自分自身が最愛の寵妃《ちょうき》を亡くしてずっと落ち込んでいることが光君の憂いともなっているのではないか。そう思い、周囲の勧めどおりに先帝《せんだい》の四番目の姫宮を妻に迎えることを決意した。

なんでも四番目の姫宮は、亡き桐壺更衣に瓜二つだと聞く。

その噂をまったく信じていないわけではなかったが、帝は今は藤壺《ふじつぼ》(8)に住んでいるその四番目の姫宮を初めて見たとき、息が止まるような思いをした。

桐壺更衣が若く元気になって戻って来たような気すらするくらいに、藤壺の宮は桐壺更衣にそっくりだったのだ。

帝はそのことを嬉しく思い、光君を藤壺の宮に始終、会わせるようにした。光君も藤壺の宮に喜んでもらいたくて、季節の花を持っていったりした。たった五つしか年が違わないので、母というよりは、ただひとり心が通じる姉というような感じがして、光君は藤壺の宮が大好きになった。

「あなたのお母さまはこの方にそっくりなのですよ。そういえばどことなくあなたにも似ておられますね」

帝の言葉に光君は身のすくむ思いがした。

周囲の者が自分のことを、「光るように美しい皇子《おうじ》(9)だ」と噂をしているのは知っていたが、これほどまでにきれいなお方と似ている、などと自惚《うぬぼ》れてもよいものだろうか、と。

女房たちが自分のことを「光る君(10)」と、そして藤壺の宮のことを「輝く日の宮」と呼び、並び称していたのを聞きはしていたのだが。

そんな藤壺の宮を毎日見かけるのが光君にとっては唯一の心の慰めだったのに、それを禁止される日がやって来た。

それは元服(11)の日だった。元服した男子は、もう宮中の女性と顔を合わせることが許されないのである。

十二歳で元服した光君は左大臣(12)の娘と結婚することになった。

左大臣は今をときめく権力者である。

左大臣の娘となれば、光君の兄の一の宮の正妻となってもおかしくない身分だったが、その左大臣のたっての願いが「自分の娘を光君と一緒にさせたい」ということだったほど、光君の評判は高かった。

頭が良いのはもちろんのこと、誰より美しいし、なにしろ持って生まれた徳というものがある。

左大臣の気持ちは嬉しかったが、光君はこの結婚に乗り気ではなかった。

なぜなら葵《あおい》の上《うえ》というその結婚相手は四歳年上で美しい人ではあったが、光君はどうしても馴染めなかった。

ひと言でいえば、冷たい人だと感じられたのである。

自分はこの人をこれから長いあいだ、妻としなければならないのだ、と思うと光君は憂鬱な思いでいっぱいになった。

いつか時間が経てば思いやりあえる夫婦になれるのだろうか。

もし思いやりあえるようになったとしても、と光君は考えた。

父帝と母君のように本当に愛し愛されるような関係には決してなりえないのではないか。

妻となった人から、あの藤壺の宮のような優しい言葉を聞けることはないのではないか、と。

結婚後も光君は藤壺の宮のことを忘れられないでいた。

父帝の大切な方をいつまでも思っていたってどうにもならないのは自分でもよくわかっていたが、それでも以前はその顔を見ることができ、声を聞けた。

それだけで自分は充分に幸福だった。

しかし元服し、妻帯もした今となっては、もうその顔を拝むことすら許されない。

宮中(13)の廊下を歩いていて、あそこを渡れば藤壺だ、藤壺の宮があそこにはいらっしゃる、とふと気づくと、居ても立ってもいられなくなる。

初めて心の通じる人を自分は持ったのだ、なのにもう会えないなんて。

自分にそんな気持ちがあるから妻の葵の上とはうまくいかないのだろうか。

光君はそう考えて、葵の上と理解しあおうと、しばらくそばにいるように(14)努力したこともある。しかし彼女は何が不満なのか、決して夫に心を開くことはなかった。

光君の全身に空しさのようなものが広がっていた。

注

(1) **更衣**　更衣は女御の下の階級で、大納言以下の娘たちがなる。本来、女御以上に尊重されることはない。もと中国の女官の役名で、帝のそば近くで「衣《ころも》更《が》え」を手伝うところから転じた。天皇の妃たちのうちトップが中宮（皇后）。中宮は女御たち（おもに大臣の娘）から選ばれる。

(2) **帝**　天皇。源氏物語には「天皇」という言葉は出てこない。天皇の周囲の物語だから、あえてそう書かなくてもわかるため。「帝」という呼称も「上」「内」などですまされることが多い。また「桐壺帝」は桐壺更衣を寵愛した帝という意味の通称。実名は他のほとんどの人物と同じく付いていない。

（3）**妃**　帝の正式な妻と認められた女性たち。帝の生活する内裏《だいり》の奥の殿舎に住む。

（4）**弘徽殿女御**　弘徽殿という殿舎に住む女御（注1を参照）。この物語の数少ない憎まれ役。13ページの絵を参照。

（5）**一の宮**　「長男」の意。

（6）皇族から臣下に下って臣族となれば天皇にはなれない。この物語の主人公「光源氏」は通称で、実際には「源なにがし」という名があったことになる。その名は出てこない。

（7）**高麗**　朝鮮半島の一国。高句麗《こうくり》。占いが行われたのは鴻臚館《こうろかん》。12ページの地図を参照。

（8）**藤壺**　13ページの絵を参照。中庭に藤の木がある殿舎。正式には飛香舎《ひぎょうしゃ》。

（9）**皇子**　帝の男の子（親王）。女性（内親王）は皇女。ともに当時は「みこ」と読んだ。

（10）**光る君**　「光る源氏」といわれるゆえん。本書では「光君《ひかるぎみ》」で統一する。

（11）**元服**　男子の成人式（女子は裳着《もぎ》という）。11歳から20歳くらいですることが多く、位階を授けられ、（皇族は）妻を与えられる。夕方から夜に行われた。「元」は頭や首、「服」は冠の意。初めて冠を着ける儀式。

（12）**左大臣**　現代の内閣総理大臣というところ。政治のトップは天皇・摂政を除けば太政大臣だが、名誉職で空席のことも多く、左大臣に実権がある。右大臣は左大臣不在の折りに政務を執る。定員は各1名。

（13）**宮中**　内裏。12ページの絵を参照。

（14）当時は結婚しても自邸から妻の家に通うことが多かった。260ページを参照。光君の自邸は二条にある二条院で桐壺更衣の実家。母の死後、桐壺帝が手入れをし、そこに住んでいる。12ページの地図を参照。ここから妻・葵の上の住まう左大臣邸に通う。なお、宮中では光君は「桐壺」の殿舎に控えている。

二……帚木《ははきぎ》

「帚木」 巻名は光君と空蟬《うつせみ》がやりとりした歌から。「帚木」は遠くから見ると帚《ほうき》の形に見え、近寄ると消えるという、信濃の国（現在の長野県）の伝説の木。光君17歳。

そのころ、光君は十七歳(1)の青年になっていた。

みなに「光源氏、光源氏」ともてはやされてはいたが、彼の心は晴れなかった。

夫婦仲も相変わらずうまくいってはいない。

多くの手軽な情事もあった。年上の教養深い女もいたし、情の濃い激しい女もいた。いつも優しく待っていてくれるおとなしい女もいたが、どういうわけかそれらに夢中になることはできなかった。

彼を夢中にさせるものがあるとすれば、それは「決して手に入るはずのない恋」だけであった。たとえば父の妃のような。

妻の葵の上とはうまくいかなかった光君だったが、葵の上の実兄の頭《とう》の中将《ちゆうじよう》(2)とは不思議と気持ちが通じあった。今ではふたりは義理の兄弟というより、昔からの大親友のようになっていた。

五月雨の続くある日の夜、頭の中将が方違え《かたたが》(3)のために宮中《きゅうちゅう》の宿直所《とのいどころ》にいた光君のもとにやって来た。そこに何人かの男たちもやって来て、なんやかやと夜通し語っているうち、いつのまにか女性談義(4)になっていた。

ある男は「嫉妬深い女の話」や「浮気な女の話」をし、「やはり結局、妻にするのは気配りのある、でしゃばらない女に限る」と結論づけた。

黙って聞いていた光君だったが、興味深かったのは頭の中将の話だった。

彼は「身分の高い女性より、中流育ちのあたりに良い女性がいるのではないか」と言った。そして自分とのあいだに女の子までもうけたのに、ある日突然、姿を消した常夏《とこなつ》という女のことを懐かしげに語ったのだ。

光君がずっと黙っていたのには理由があった。

それは、好きになった誰かのことを懐かしげに語ろうとしても、自分には懐かしく思い出せる女性がたったひとりしかいないのを今さらながらに思い知らされていたからである。

寂しい雨音を聞いていると、いやがおうでも藤壺の宮への思いが募り、息苦しくなるほどだった。

藤壺さまは嫉妬深くもなく、浮気でもなく、決してでしゃばらないのに教養が高く、本当に理想の人だ、と思い返しもしたが、それでどうなるものでもないのは光君自身がよく知っていた。

仏の道ではよく「縁」というものを説くのに、自分と藤壺の宮には親子としての縁しかなかったのだろうか、と考えれば考えるほど空しくなることを、雨音を聞きながら光君は思いめぐらせていた。

翌日の宮中からの帰り、光君は、方違えのために中川(5)の紀伊守《きのかみ》の邸宅に泊まることにした。そこにはたまたま紀伊守の父である伊予介《いよのすけ》(6)の後妻、空蟬《うつせみ》が来ていた。光君は空蟬の噂を何度か耳にしたことがあった。とても興味をひかれていたので、今夜はいい機会だと様子をうかがっていた。

空蟬は宮仕《みやづか》えの話もあったほどの才気あふれる女性と評判だったのに、父親が死んで心ならずも伊予介の妻となったという。伊予介は一介の受領《ずりょう》(7)に過ぎないし、先妻とのあいだには、成人とはいえ子どももいるというのに、空蟬はどのような思いでそんな男と一緒になったのだろう。もう宮中への憧れの気持ちはなくなったのだろうか。それともまだ……と光君は想像をめぐらせた。

空蟬に関する噂をいろいろ思い出すにつけても期待がふくらんで、どうしてもその顔が見たくなった光君は、その夜、一睡もできなくなったので、こっそりと訪ねて行くことにした。邸《やしき》のあちこちをうろうろしたあと、深夜になってついに空蟬の寝所(8)を探し出した。そっと衾《ふすま》(9)に忍び込んだ光君は、寝ている空蟬の手首をつかんだ。光君の顔を見たとたん、彼女ははっと息を呑んだ。

目の前のこの高貴なお方が、宮中で評判の光君なのだということがすぐにわかったからである。

「おやめください」

と声を出すのがやっとだった。

いったい何がどうなっているというのだろう、突然のことに空蝉は狼狽した。

その声にもかまわずに光君はことに及ぼうとした。

「私のような身分違いな者をからかわないでください」

空蝉はそう言うなり、顔を伏せた。私がただの受領の妻だと思ってからかおうとしているのだ、と思うと悔しさに声が震えた。

「何を言っているのですか。私はあなたがずっと好きだったのですよ」

光君は急に腕の力を抜いてそう言った。

その言葉を聞いたとたん空蝉は、嘘だとはわかっていても、抵抗するのをやめた。

「こうなるのも宿世《すくせ》からの因縁ではないですか(10)」

美しい男のそのせりふに空蝉は瞑目《めいもく》した。

嘘だとわかっていても信じたいことというのがこの世にはあるのだ、と彼女は光君の背中に手を回しながら考えていた。

注

（1）源氏物語には光君の13歳から16歳までの記述がなぜかない。原典の成立についてはさまざまな疑問がある。260ページを参照。

（2）**頭の中将**　「中将」は内裏の警護にあたる近衛府の次官。次官のうち、天皇の秘書役である蔵人所《くろうどどころ》の実質的な責任者である「蔵人の頭」を兼ねる者が「頭の中将」。名門の子弟が登用される典型的な出世コース。ちなみに光君は先に中将になっている。

（3）**方違え**　陰陽道で、災厄が予想される方向を避けるため、前夜に別の所に泊まってから出かけるなり帰ること。

（4）有名な「雨夜の品定め」の段。身分の違いをはじめとするさまざまな女性論。

（5）**中川**　京極川のこと。東の京極大路（現・寺町通り）の東側を南北に流れていた。

（6）**伊予介**　人名ではなく役職名。伊予の国の介《すけ》。介は次官だが実質上の現地責任者。すなわち現代の愛媛県副知事といったところか。息子の紀伊守は紀伊の国の守《かみ》で「守」は長官。

（7）**受領**　貴族階級からは低く見られるが、受領は地方政治を司る国守として任地に赴いた者で、重要な役職であり、蓄財もできる。息子の紀伊守の家を光君が方違えに使うのは親子で便宜を図ってもらっているからだろう。

（8）**寝所**　正確には母屋《もや》。14ページの絵を参照。

（9）**衾**　今日で言えばふとん。布を重ねただけで綿は入っていない。貴族は絹製。

（10）女性を口説く際の光君の決めぜりふの一つ。「宿世」は「前世」で仏教用語。あながち、ただの口説き文句とも言えない。女性たちもまた「宿世の縁によって自分は愛されなくなったのだ」と納得する。

三……空蟬《うつせみ》

「空蟬」 セミの脱け殻。巻中の歌（注1）から。光君が空蟬の寝所に忍んでいったところ……と、その顚末を暗示する。この巻の女主人公の名になった。光君17歳。

あれは一晩だけの夢だと思おうと空蟬は考えていた。

それは相手のためではない。自分のために、である。

突然、父が亡くなり、これからは自分がしっかりしていかないと家が立ち行かなくなるとはっきりわかったとき、もう自分は女の人生をあきらめたのではなかったのか。

親子ほども年が離れ、自分と年の近い継子《ままこ》もいる男の後妻に誰が好きこのんでなるだろう。しかし自分はあのとき決めたのだ。自分にはまだ小さな弟もいる。宮中に上がって華やかな暮らしをしたいという願いはもちろんあったけれど、それも若い日の遠い夢として生きていこう、と。

幸い夫の伊予介は留守がちではあったけれど優しかったし、伊予介の娘の軒端荻《のきばのおぎ》(2)も自分になついてくれている。年があまり離れていないので、自分を新しい母だと慕ってくれているわけではなかったが、良き姉のような存在としていい関係が築けているのだ。

今がいちばん大切なときなのだ。ふらふらと恋に迷っている場合ではない。

空蟬のもとにはあの夜以来、光君から愛に満ちた歌が贈られてきていた。

どうして色よい返事をくれないのだ、と矢継ぎ早に催促もされる。

私の弟を召し上げて、「ゆくゆくは帝にとりなしてやろう」などとありがたいお申し出もなさる。そのことに弟はすっかり喜んで、お引き受けもした(3)。

とはいえ、それも私と契《ちぎ》ってしまったことがかかわっている気がしてやるせない。

しかし……と空蟬は考えた。

あの人はまだ若い。その自分の中にある情熱に引きずられて今、こんなに積極的になっているだけなのだ。

私が人妻で手に入りにくいから、その情熱が高ぶっているのに過ぎないのだ。

あのことは「なかったこと」にしなくてはとんでもないことになる。

これはあの人のためではない。自分のために。

だってあの人には失うものがないのだから、と。


光君はあの夜以来、つれない返事しかくれない空蟬の気持ちがよくわからなかった。

あれから一度、忍んで行ったのだが、あっさりとかわされてしまったりもした。

しかし抱き締めているときにあった手ごたえは、あれは嘘だというのだろうか。それとも自分の独りよがりだったのだろうか。

女という生きものすべてがときおり自分に見せる、傾きそうでありながら嫌がるあの感じ。そして傾いたあとに一気にこちらになだれ込みそうになった瞬間、すっかり何もなかったように振る舞うあの態度。

それは気を持たせている、というのとは少し違う。

なるほど、これがあの雨の夜の宿直所で聞いた「中流の女の魅力」というものなのか。

しかしみんな嘘つきなのだ。

あの方は、と光君は藤壺の宮の懐かしいお姿を思い返す。

そんな不誠実な方ではないはずだ。きっかけにさえ恵まれればきっと優しく温かく、自分を包み込むように愛してくださるはずだ、と。

そんな日々の中、光君は紀伊守が任地へ出かけた、という話を聞いた。

とすると、中川の邸には女しかいないのではないか。そう思うと居ても立ってもいられなくなった。べつに自分のことを愛してくれていなくてもいい、ただあの夜のあなたは嘘だったのか、と確かめてみたかったのだ。

光君は迷うことなく、薄暮の中、空蟬の邸へと向かった。

空蟬の弟の小君《こぎみ》(4)が邸に忍び込む手引きをしてくれる。

すべてを察しているのか、無邪気なだけなのか、それとも小君は主君である光君のためだと思ったのか、あるいは姉も本当のところはそれを望んでいる、と思ったのか。

こっそり几帳《きちょう》(5)越しに空蟬の姿を覗いてみると、彼女は義理の娘らしい若い女と碁(6)を打っている最中だった。若い女は陽気な性格らしく、けらけらと笑ったり、悔しげに舌打ちをしたり、勝負に夢中な様子である。

彼女の若さや明るさ、そして豊満な肉体や輝く肌にひかれないでもなかったが、静かにひっそりと碁を打っている空蟬の控えめな様子のほうが、やはり光君の心をとらえて離さなかった。

そしてその夜、意を決した光君は、小君の手引きで空蟬が眠っているところへ忍び込んで行ったのである。

するりと寝所に入り、その手をつかんだ光君は瞬間、薫りが違う、と思った。

しかし、つかんでしまった手をどうしようもできずに女の顔を覗いてみた。

その手の主は軒端荻だった。

光君が忍んでくる気配を察した空蟬は隣で寝ていた義理の娘を置いて、すんでのところでその場から逃げたのである。

驚いた表情で光君を見上げている軒端荻に、彼は、

「私がここに忍び込んで来たのは、実はあなたが目当てだったのですよ(7)」

と言った。

それは思わず口をついて出た、という種類のものだったが、口にしてみると自分でもそんな気がしないでもなかった。

若く可愛らしく豊満な女がこうして目の前にいるのだ。

光君は迷うことなく軒端荻を抱き寄せた。

軒端荻は以前にこんな経験があったとは思えないのに、嫌がりもしない(8)。恥じらいのないその態度に少し興ざめした光君は、思いを遂げたあと、

「私にもわずらわしいことがたくさんありますから、しょっちゅう来られるというわけではありません。あなたのまわりにもやかましい人たちがいて思うままにはできないでしょう。なかなか会えないとは思いますが、私のことは忘れないでください」

などと言った。

光君は今夜のことは行きずりの情事ということにしたかったのである。

空蟬は近くでその物音を聞いていた。

どうして自分は逃げてしまったのだろう、と思う気持ちと、いや逃げてよかったのだ、と思う気持ちがないまぜになっている。

自分が責められた筋合いではないけれど、光君は今、どうして軒端荻を抱いているのだろうとも思う。

光君はその場に空蟬が残していった薄衣を見つけた。思わず手を伸ばすと懐かしい空蟬の薫りがする。それを持ち帰り、帳台(9)に敷いて眠ることにした。

あの人は心底、冷たくつれない女なのだろうか、と光君は考え続けていた。

彼には空蟬の本当の気持ちなど知る由もない。

注

(1)光君の歌「空蟬の身を変えてける木《こ》の下《もと》に　なお人がらの懐かしきかな」(セミが脱け殻だけを残して木から飛び去ってしまうように、薄衣だけを残して消えてしまったあなたを忘れかねています)。

(2)**軒端荻**　軒(屋根が壁より外に張り出した部分)のあたりのオギ(ススキに似るが、より大柄な草)。光君がのちに贈った歌から、この女性はそう呼ばれる。事実、大柄な女性。

(3)光君はこの少年を引き取り、空蟬の代わりに愛す。当時、少年愛はごく普通のこと。

(4)**小君**　固有名詞ではなく、一般的な「弟」の意。

(5)**几帳**　15ページの絵を参照。布のあいだに縫い閉じない部分があり、そこから風も通るし、外を覗くこともできる。もちろん覗かれることもある。139ページの注1も参照。

(6)**碁**　中国から伝来した盤上遊戯。現代の碁とさして変わらないといわれる。

(7)これも光君お得意のせりふ。相手のことを知らなくてもこう言える。原典の語り手の女房も「例によって」と書き、「どこからこんな言葉が……」と呆れている。

(8)光君はのちに軒端荻が結婚したと聞き、処女でないのにとあれこれ心配したり、「死にたいほど思っている私の気持ちをおわかりでしょうか」などと気楽な文を送ったりしている。

(9)**帳台**　ベッド。14ページの絵を参照。

四……夕顔《ゆうがお》

「夕顔」 本巻の夕顔の歌と、光君の返歌「寄りてこそそれかとも見めたそがれに　ほのぼの見つる花の夕顔」から、女主人公の名と巻名がついた。ユウガオはかんぴょうの材料でもあり、庶民的な印象。光君17歳。

そのころの光君は、六条に住んでいる御息所《みやすどころ》(1)との長い関係がまだ切れないでいた。

御息所は前の東宮《とうぐう》(2)の妃であった人だが、東宮が若くして亡くなったので不遇の日々を送っていた。

もしあのまま東宮が即位しておられれば、あの方は今ごろ、皇后さまにおなりだったのに、と考えると光君は同情する気持ちにもなった。

自分より七歳も年上で教養があり、なまめいた美しさも持っている。しかしあの方はどこかが満たされていないのだ、と光君は感じていた。

あの方が持っているのは、「愛する人を早くに亡くしたから」というような単純な空しさではない。あの方の愛情には少し普通でないようなところがある。それは狂気とでもいうような……。

御息所は光君に狂おしいまでの愛を感じていたのかもしれない。しかし美しく気高い彼女はその熱い思いを胸の奥に閉じ込めていた。

感性の鋭い光君はそれに気づいていたのであった。

朝、御息所のもとを発とうとすると(3)、彼女は黙って見送るだけだが、自分が振り向いて会釈をするときの彼女のその瞳にはこの世のものではない何かが映っている。

抱いているときにすら、その喉の奥から手が出てきて引きずり込まれそうになる瞬間がある。自分はそれを恐れながらも、それから逃れられずにいるのだ、と光君は感じていた。

それでいてこの関係をあまり長引かせるのは得策ではない、ということも大人として知ってはいた。


光君は六条御息所のもとから帰る道すがら、五条に住む乳母《めのと》(4)の見舞いをしよう、と思いついた。母とは早く別れた光君だったが、乳母にはとても可愛がられて幸福な時期があったのだ。

光君はこの乳母によって人の温かみを知ったと言ってもいい。乳母の息子、いわば乳母子《めのとご》である惟光《これみつ》を従者としてそばに置き、今でも身の回りの世話をさせているほどだった。

その乳母の具合がどうもよくないらしい、と惟光から聞き、光君は心配をしていた。

来意を告げ、乳母の家の門が開くまで、光君はその前でたたずんでいたのだが、そこに美しい白い花を見つけた。

よく見ればその花が咲いているのは隣の軒先だったので、光君はお付きの者に、

「一輪、取ってくれ」

と言った。

帰りぎわに、その家から使いの可愛らしい女の子が現れて、

「これに載せてお持ちください」

と白い扇を差し出した。

その扇には「心あてにそれかとぞ見る白露の　光添えたる夕顔の花」と書いてある。

どうやら隣の住人はこちらを垣間《かいま》見て、美しいあなたは光源氏か、と尋ねているらしい。

これは洒落たことをするな、と光君は心ひかれた。


夕顔の女(5)のことが気にかかって忘れられなかった光君は、彼女のことを惟光に調べさせることにしたが、

「隣の家のことはよくわかりません」

と言うばかりでどうも素性が判然としない。

それでも調査を続けさせると、どうやら光君の義理の兄に当たる頭《とう》の中将《ちゅうじょう》のゆかりの者らしい、ということだけがわかった。

これはもしかして、と光君は思い当たった。

あのとき、あの雨の夜、いろいろな女性の品定めをしたときに頭の中将がふと漏らした、子どもまで成しながら行方知れずになったという「常夏《とこなつ》の女」ではないか、と。

あれやこれやでとても興味をかき立てられた光君は、その後、惟光の手引きによってこの五条

にある夕顔の女の家にしばしば通うようになった。

夕顔は少し頼りなげな風情のある女で、そこが光君の心をとらえていた。

それまではしっかりとして教養のある年上の女性との恋が多かった光君だったが、自分がいなければこの人はどうなるのだろう、と思わせるような夕顔に我知らず熱が入った。

その日(6)の夜、いつものように夕顔の家で夜を過ごしていた光君だったが、ふと思いつき、近くの別邸に彼女を誘ってみた。

夕顔は女房の右近《うこん》を伴って、光君に言われるまま出かけてみることにした。

そこは廃邸(7)だったが、それもまた趣がある、と光君は思っていた。

木々が鬱蒼《うっそう》と茂り、池にも藻《も》がびっしりと生えているような場所なので、夕顔は怖がり続けたが、それも光君には可愛らしく感じられた。

明け方、光君の枕元にぼんやりと女の影が現れた。

誰かに似ている、と光君はとっさに思ったが、それが誰なのかすぐには思い出せなかった。

「私がこんなに思っているのに、どうしてこんなつまらない女と一緒にいらっしゃるのですか」

枕元に立った女は、夕顔を引き起こしながら、そう光君に恨みごとを言った。

驚いて飛び起きた夕顔は光君にしがみついたままぶるぶると震えている。

いつのまにか灯火も消え、あたりは深い闇に包まれてしまって不気味である。

光君はぞっとしたが、太刀を引き抜いて、魔よけに枕元に置いた。

そして夕顔を抱きかかえて、女房の右近を起こし、お付きの者を呼んだ。

しかしその声はただ闇にこだまするばかり。

惟光も帰ってしまったのか、返事がない。

風も荒々しく吹き始めた。

ようやく他のお付きの者に灯を持ってこさせた光君が夕顔の顔を照らすと、彼女はもう息をしていなかったのである(8)。

枕元に立っていた女もいつのまにか消えていた。

光君は夕顔の身の上のことよりも先にそう思った。

困ったことになった。

朝になってようやく戻って来た惟光にわけを話すと、

「とにかくすべてを私に任せて、すぐにお邸にお戻りください」

と言う。

光君のように身分の高いお方がこんな廃邸で、素性のはっきりしない女と一夜を過ごし、挙句の果てに女が死んでしまったとなると、これはとんでもない醜聞になってしまう、と惟光はあわててすべての始末をすることにしたのだ。

夕顔のむくろを表莚《うわむしろ》(9)にくるんで惟光が車に乗せたのであるが、莚から髪の毛がこぼれ出ている。

なんと哀れなことだろうか、と光君は嘆き悲しんだ。

夕顔が甦ることはもちろん、なかった。

惟光が知りあいの老僧に極秘で葬儀を頼んだのだが、光君は最後のお別れに、夕顔の亡骸《なきがら》をせめてもう一度だけ見ておきたい、と思った。

そして惟光に連れられて葬場に向かった。

しかしその帰り道、あまりの悲しみにくれた光君は馬からすべり降りたりした。


光君はその夜以来、調子を崩し、それからしばらく床に就いた。

夕顔がどうして死んだのかもよくわからないし、あの物《もの》の怪《け》が誰に似ていたのかも遠い夢の中の絵のようにぼやけていて思い出せない。

いったいどういうことなのだろう、と光君は悲しみの中にもずっと不思議な気持ちがしていた。

光君は行き先を失ってしまった夕顔の女房の右近を二条院に引き取り、彼女から夕顔の身の上について詳しく聞いた。

それによると夕顔はやはり頭の中将が言っていた「常夏の女」に間違いがなく、彼らのあいだには小さな女の子もいるという。しかし頭の中将の北《きた》の方《かた》(10)の迫害にあって、結局、ひとりで五条に住んでいたらしい。

光君はそれを聞くにつけてもなんとかわいそうなことをしてしまったのだろう、と悔やまれた。

薄幸の生まれだと言えばそれまでだが、こんな思いもかけぬことで命を落としてしまうなんて。内気で静かな女だった。あの六条御息所の激しさとは対照的な気がする。そういえば、あの物の怪は、と光君は今ごろ、気がついた。あの方にそっくりではなかったか、と。

このころ、伊予介が上洛《じょうらく》(11)して光君のもとへ挨拶に来た。あとふた月もしたら空蟬を連れて、伊予へ下るのだという。それを聞いた光君は、伊予介への餞別《せんべつ》(12)に隠して、あの晩、こっそり持ち帰った薄衣を空蟬に返したのだった(13)。

なんとはなしにうら寂しい日々の光君である。

注

(1) **御息所** 天皇、皇太子などが愛した女性。または皇子・皇女を産んだ女性。「お休み所」から来たか。「みやすんどころ」とも。六条あたりに住む御息所なので(12ページの地図を参照)六条御息所と呼ぶ。

(2) **東宮** 皇太子。「御所の東に住む宮」の意。春宮とも書くのは春を東に配することから。

(3) 男たちは夜に女性たちの邸を訪ね、朝、明けきらぬうちに出ていくのがルールだった。後朝《きぬぎぬ》の別れは、ことの後の朝の別れ。「事後、それぞれの衣を着る」ことから「衣衣」とも。

(4) **乳母** 乳母は、乳が出ない事態も考えて複数いた。これは2人目の乳母。貴人は乳母の影響を強く受ける。

（5）架空の人物なのに、夕顔には墓（「夕顔之墳」という碑）があり、夕顔町という住所もある（下京区堺町通高辻下ル）。

（6）月日は、当然のことながら、すべて旧暦（太陰暦）。1月が春の初めだから8月は秋。

（7）廃邸といっても、一応、番人は置いてあり、多少の手入れはされている。河原院《かわらのいん》がモデルではないかと言われている。12ページの地図を参照。

（8）このおどろおどろしい巻では「あやし」という言葉が30回使われ、夕顔の花を始め、扇、着物など、すべてが白ずくめで統一されている。

（9）**表筵**　帳台（14ページの絵を参照）の畳に敷く上敷。薄い綿が入っている。昨夜2人が使ったものだろう。

（10）**北の方**　正妻。ただし当時の皇族・貴族は一夫多妻制だから、妻のうち「もっとも格上の妻」。

（11）**上洛**　地方から、当時の都（平安京）である京都へ行くこと。

（12）伊予介らの地方赴任に際して光君が餞別を出すのは、彼らが地方権益で光君に経済的貢献をしていることを想像させる。

（13）薄衣を返した折りの光君の歌「逢うまでの形見ばかりと見しほどに　ひたすら袖の朽《く》ちにけるかな」（再び逢うまでの形見ぐらいに思っていた薄衣の袖は私の涙でいたんでしまいました）。

五……若紫《わかむらさき》

「若紫」 光君の歌「手に摘みていつしかも見ん紫の　根に通いける野辺の若草」から。「紫」は根から紫色の染料をとる野草。光君18歳。紫10歳。

ようやく春になったというのに光君は瘧病《わらわや》み(1)にかかり、北山(2)へ加持祈禱《かじきとう》(3)のために従者とともに訪れた。彼は十八歳(4)になっていた。

北山は都よりは少し気温が低いので山桜はまっ盛りである。

光君は病でここに来たが、なんとなく晴れやかな気持ちでつづらになった山道を眺めていた。その道の下には小さな僧坊があり、読経《どきょう》の声が聞こえて来ていた。

興味の湧いた光君が垣根越しにその僧坊を覗いてみると(5)、奥に年配の尼《あま》がいて、手前に女房と小さな女の子の姿が見えた。

尼は近づいて来た少女の姿を認めると読経をやめ、

「どうしたの？　そんなにあわてて」

と言った。

尼はからだの調子が良くないのか、ときどき肩で大きな息をしている。

「雀がね、逃げちゃったの。籠《かご》をかぶせておいたのに」

少女ははっきりと大きな声でそう言うと、ぱっと振り返った。

光君はその瞬間、息を呑んだ。

まだ小さな女の子なのに、その面立ちは光君がこの世でいちばん慕っていた人にそっくりだったのだ。

藤壺の宮が幼いときの姿を今、目の前でありありと見ているような気がして、光君は信じられない思いがした。

「生きものは自由にしてあげなくてはだめなのよ。まだ子どもなのね、そんなことで大騒ぎして。私のからだがどうなるのかもわからないのに、ちょっとはしっかりしてちょうだいな」

と尼がその子を自分の隣に座らせた。

おでこにはりついた前髪も幼く、まだ墨で描いていない眉も自然で、何もかもが可愛らしくて光君は少女をほほ笑みながら眺めていた。どうしてもこの少女を自分のそばに置きたいものだ、と考えながら。

藤壺の宮がおからだを壊された、と光君が聞いたのはそれからしばらくしてのことだった。

加持祈禱の甲斐もあって病もよくなり山を下りた光君だが、藤壺の宮がお里へ戻られていると聞いてじっとしてはいられない。

以前は抑えようと思っていたその感情さえも、今では、自分がこんなに藤壺の宮のことを慕うのは仕方のないことだ、と考えるようになっていた。

やっと病も本復して久しぶりに妻の葵の上の顔を見に行ったというのに、優しい言葉をかけてくれるでもなく、とても冷淡な態度をとられたからだ。

「あなたはどうして普通の妻のように、『もう病はよくなられたのですか？』という言葉くらいかけてくれないのですか？」

と言う光君に、葵の上はそのそばにも寄らず、

「あなただって私のところへなど滅多に来てくれないくせに、今ごろ急に『普通の妻のように』などと、よくおっしゃいますね」

と言う。

こういう関係が果たして夫婦だと言えるのだろうか、と光君は今さらながら絶望的な気持ちになった。葵の上の父君である左大臣や兄の頭の中将とは良い関係を結んでいるだけに、情けない思いいすらする。

光君はますます藤壺の宮への思いが募り、居ても立ってもいられない気持ちになった。

光君は藤壺の宮のお付きの女房(6)に逢瀬《おうせ》の手配を頼んだ夜のことをしみじみと思い出した。

初めのうちは、

「そんな大それたことはできません」

と言っていた女房も、再三にわたる光君の熱意に屈して、ある夜、手引きしてくれた。

藤壺の宮のもとに忍び込んだ光君は、あまりにその場面を自分の中で想像し続けたので、これが現実のことかどうかが自分でもよくわからなかった。

藤壺の宮が思いのほか驚いた顔をなさったので、光君は一瞬とまどったが、後にも先にもこの機会を逃してはもう二度と親しく口をきくこともないだろう、と思い直した。

「もうお逃げにならないでください」

宮はお加減もずいぶん良くなられたらしい。

そして驚きと怒りと、そのくせ光君にひかれてしまう切なさに頬を紅潮させて言った。

「あなたはご自分のお立場がおわかりなのですか」

と。

立場がわかっているからこそ、何年も何年も悩み続けて来たというのに、どうしてこの方はわかってくださらないのだろう、と宮の言葉に光君は胸のつぶれるような思いがした。

そして、なんと言われようとも私は今夜は帰るつもりなどありませんから、と言った。

藤壺の宮がそのとき微笑したような気がするのは、光君の勝手な解釈だったのだろうか。

こうしてそばにいると、こうなることが自然で、無理して離れていることのほうが間違いだという気がしてくる。

光君は、これが最後かもしれないと思いながら藤壺の宮を抱き締めていた(7)。

その後、光君はある晩、不思議な夢を見た。

忘れようとしても気にかかって仕方ないので、夢占い師を召して夢の意味を尋ねてみた。

「その夢をご覧になった方は、帝の父君となられることでしょう。そして不測の事態が起こり、謹慎を強いられることになります」

光君はその回答を信じられない気持ちで聞いた。

いったいどういうことなのだろう、自分が帝の父親になるなんて。

自分はとっくに臣下に下っているというのに、と。

藤壺の宮が懐妊されたという噂を光君が聞いたのは、その夏のことだった。


あの北山で見かけた少女の祖母であった尼君が死んだと光君が聞いたのは、それからしばらくしてのことだった。

調べさせると、あの少女はやはり藤壺の宮の兄である兵部《ひょうぶ》卿宮《きょうのみや》の娘だったのだが、母を亡くしたので北山の祖母のもとに預けられていたらしい。

世話をさせて欲しいと、惟光に何度か僧坊まで話をつけに行かせていたが、まだ小さいということで色よい返事はもらえなかった。

しかし祖母を亡くした今となっては、今後の立場も違ってくるだろう。

光君はあんな寂しい場所にあのいたいけな少女を置いてはおけないと思い、連れ去るようにして二条の自分の邸に連れて来た。

少女は初めのうちは祖母を慕って泣く日もあったが、光君によくなついた。光君は少女を「紫(8)」と呼ぶことに決め、毎日一緒に遊んでやった。

つれない妻のもとに行くよりも、こうして紫といるほうがどれだけ心が休まることだろう。

光君は紫の人形遊びの相手をしながらも、あれから、いくら手紙を書いても返事をくれない藤壺の宮と、そのお腹の子どものことと、そしてあの夢占い師が言った不思議な予言のことを考えていた。

注

(1) **瘧病み**　発作的に熱が出る病。おこり。

(2) **北山**　鞍馬山の鞍馬寺が舞台では、と言われている。

(3) **加持祈禱**　もとは真言宗の呪法、祈り。当時、仏教は天台宗に力があった。本来、天台宗は学問的な仏教であったが、現世利益のための加持祈禱を行わざるをえなくなっていた。

(4) 当然、数えである。光君たちは女性関係も早熟だが、この年齢ですでに政治の一翼を担っており、現代の年齢感覚でとらえることはできない。なお光君の誕生日は不明。

(5) 恋のはじまりの多くは「垣間見《かいまみ》」であり、当時の物語のお決まりの様式である。

(6) **女房**　現代の配偶者という意味での「妻」とは違い、宮中や貴人の家に仕える女性のこと。侍女。宮中に仕えるなら、ひな人形の三人官女に言葉が残る「官女」、または「女官」という。女の主人に仕える場合は秘書であり家庭教師でもあったりするが、言い寄る男たちの窓口になったり、それどころか、実力ある女房は自分の判断で良縁を取り持ったりする。男も、意中の姫君を射止めるためには女房の手助けが不可欠で、女房に賄賂を贈ったり肉体関係を持ったり、また脅しもした。女房も、それが女主人のためになると思えば、その意向を無視してでも男君を寝所に手引きしたりする。女主人が良縁に恵まれることは自分のためでもある。女房の多くは中下層の貴族。

（7）この、光君が藤壺への思いを初めてとげるシーンは原典にはなく、2回目以降の逢瀬の際に、藤壺の述懐で「あれきりにしようとしたのに、またこうしたことになってしまって」とあるのみ。2人がいつから関係があるのかは定かではない。事後の光君の歌「見てもまた逢う夜まれなる夢のうちに　やがてまぎるる我身ともがな」（もうめったにはお会いできないのですから、この夢の中にまぎれて消えてしまいたい）。藤壺「世語りに人や伝えん類《たぐい》なく　憂き身を覚めぬ夢になしても」（のちのちまで語り草にならないでしょうか。類ないほど辛いわが身を、たとえ永遠に覚めない夢の中に消してしまったとしても）。

（8）光君の歌がこの少女の名の由来。のちに紫の上と呼ばれる。紫式部の名もここから。「野辺の若草」がこの少女を指し、藤の花が紫色のところから「紫の根」はこの少女が藤壺の姪であることを示す。桐壺更衣とは血縁はないが、桐も同じ紫色の花であることから、これらのつながりを「紫のゆかり」という。

六……末摘花《すえつむはな》

「末摘花」 ベニバナの異名。花（＝鼻）からは紅い染料を採り、種からは油を採る。光君18歳。

常陸宮《ひたちのみや》(1)の姫君の噂を聞いたのはいつのことだっただろうか。

とても琴《きん》(2)の上手な静かでゆかしい姫君がいると、ある女房に聞いて以来、光君はその姫君のことが気にかかっていた。

なんでも姫君は両親を失い、荒れた邸で女房たちとひっそりと暮らしているらしい。

光君は月の霞んだある夜、その姫君の邸へ行ってみた。忍んで琴の音を聴き、いっそう興味をそそられるが、初めから不躾《ぶしつけ》な真似もできまいと引き揚げかけた。が、ふと見ると、邸の気配をうかがっている男がいるではないか。

よく見るとそれは義兄である頭の中将だった。彼は光君の行動を怪しみ、宮中からの帰り道をつけてきたらしい。

いったいどうしたのか、と光君が尋ねても頭の中将は笑って取り合わなかったが、彼は勝手に光君のことを好敵手だと思っているようである。

ただなんとなく常陸宮の姫君に興味を持っただけの光君も、頭の中将も彼女に文を送り始めたと聞いては負けられない。光君はいっそう熱心に常陸宮の姫君に文を送り続けた。

しかし姫君は尋常ではない恥ずかしがりらしく、まったく返事をくれない。

けれどもある夜、光君は件《くだん》の女房の手引きにより、やっと姫君に会うことができた。

姫君の琴の演奏を間近で聴いて、光君はさすがにすばらしいものだと思ったけれど、姫は恥ずかしがって、近くに寄っても顔を見せようとはしてくれない。

その控えめな態度もなんとなく夕顔を思い出させるようで、光君はますますその姫君に心ひかれた。

そんな調子で姫君が完全には心を開いてくれないまま、冬がやって来てしまった。

しかしこうやって雪の中の姫君の邸を眺めてみれば、今さらながらその困窮ぶりに光君は胸を突かれる思いがした。

家具も何もかも古くなっているのを大切に使っているようだが、なかなか立派なものらしい。

それに彼女自身はそれを苦にするでもなく地味に暮らしている様子だった。

そういう意味においてはあか抜けない姫君ではあったけれど、そんなところこそやはり育ちが良い証左かと光君は思い、何かにつけて姫に優しく接するようにしていたのだが。

しらじらと夜が明け、一面の銀世界に趣を感じた光君は姫君を誘い、

「お庭を見ましょう」

と言った。

その言葉に、恥ずかしがりの姫君にしては珍しく扇をはずして外を見た。

光君はそれを見て言葉を失った。

なんと醜い姫君なのだろう。

顔は青白く、鼻は普賢菩薩《ふげんぼさつ》の乗り物(3)のように長く、それでいてその先が紅を塗ったように赤い。からだは胴長で、痩せ過ぎていて肌には艶もなかった。

光君はそれを見て哀れに思いもしたけれど、反面、この方が男の世話になる機会などあまりないだろうから、面倒は自分が一生見てあげなくては、と心を決めた。

その後、姫君からは歌や装束などが光君の邸に届けられたが、どれもこれもが古くさい感じのするものばかりだった。

そういえばあまり気の利かぬあのお方の鼻は「末摘花(4)」から採る染料のように赤かったな、と光君は思い当たり、どこか不びんな気もした。

それでも髪は黒くて長くつやつやとしていて美しかった(5)、とも考え直した。

やはりあの方の援助は自分がずっとしていかなくてはならない、と決意した光君は、日に日に可愛らしくなってくる紫に、赤い鼻の女の絵を描いてやって遊んだりして、末摘花の姫君のことを心に浮かべたりするのであった。

注

(1) 常陸の国の責任者(現代なら知事)ということだが、常陸の国は別格で、親王(天皇の子か孫)が名誉職として就く。赴任もしない。由緒ある地位。

(2) 琴《きん》　当時「遊び」と言えば音楽で、貴族に欠かせない素養だった。弦《げん》楽器を「琴《こと》」といい、その中に「琴」「和琴《わごん》」「箏《そう》」「琵琶《びわ》」などの種類があった。

(3) 象のこと。262ページを参照。

(4) 巻名の由来を参照。ちなみに末摘花には京都・醍醐寺に僧職の兄がいて、その人も赤鼻であるという。

(5) 長い髪は女性の最大の魅力とされた。身長より長いのは普通。女性が出家して尼になるということは、その髪を短く切ることでもある。

七……紅葉賀《もみじのが》

「紅葉賀」 桐壺帝が、先帝の、おそらくは50歳の誕生祝いを催したのが紅葉の季節だったことから。光君18〜19歳。

先帝(1)の院への、桐壺帝の行幸《みゆき》(2)が決まった。その当日には舞楽を見ることができない藤壺の宮のために、ある秋の日、宮中の清涼殿(3)前で予行演習が行われることになった。光君は頭の中将と並んで『青海波《せいがいは》(4)』を舞った。

頭の中将は光君を意識してはりきっていたが、舞いは光君のほうが評判が良かった。

「たしかに光君の姿は誰よりも美しい」と認めざるをえなかった藤壺の宮だったが、やはりひそかに契ってしまったことで心が晴れない。

素直に光君の舞い姿を楽しめるはずもなかった。

こうしているあいだにも日に日にお腹の子は大きくなってくる。自分のしてしまったこととはいえ、あまりに大それた罪に、考えるだけでも震えが来るような思いがする。

しかしそんなことを露も知らない帝は藤壺の宮の懐妊をことのほか喜んでいた。

葵の上は光君の噂を聞いてはらわたが煮えくり返るような思いだった。

こともあろうに光君は、自分の邸に年端もいかない少女を招いて遊び暮らしているらしいではないか。

こうして妻が待っている左大臣家には滅多に来ないくせに、いったいどういうおつもりなのだろう。

それでいて珍しく姿を現したと思ったら、「たまには普通の妻のように優しい言葉でもかけろ」などと自分勝手なことを言ったりするのだ。

思い返せば父が光君との縁談を持ってきたとき、自分はどれだけ嬉しかったことだろう。初めて本人に会ったときにも、さすがに「光る君」と噂されるほどの美男だとすっかり感心して目を見張った。またそれが内心、自慢でもあった。

それなのに、本当はこんなに冷たい方だったとは。

あの方は私がなぜ怒っているのか、という理由など一度も考えたことがないのだ。

ただ怒りっぽい妻だと思っているだけに違いない。

自分も素直に自分の気持ちを言える人間ではないから、とにかく優しく察して欲しかった。それなのに黙って待っているうちに、自邸に小さな女の子を連れ込んでいるとはどういうことなのだろうか。

葵の上は、自分と夫とは生涯わかりあえることがないのだ、と確信し、今までのように淡い期待を持つことをきっぱりとやめた。

藤壺の宮の出産(5)が近づいてきたのに、なかなか産まれないという噂を聞き、光君は気ではなかった。それもそのはずで、藤壺の宮はお腹の子の父親をごまかそうと、妊娠した日を偽っていたのだから、当然のことである。

十二月の出産予定なのに、男君が産まれたのは二月になってからのことだった。

「帝は手放しのお喜びようらしい」という話を聞くにつけても光君は胸が痛んだ。

光君がその男君のお姿を見たのは四月に入ったある日のことである。

本当に可愛らしい玉のような子どもで、光君も内心嬉しい思いもしたが、帝のなにげないひと言で凍りついた。

「この子は本当にあなたの子どものころにそっくりだ。可愛らしい赤ん坊というのは似ているものなのかなあ」

そのお言葉に藤壺の宮のお顔を見ると、宮も困った表情を浮かべている。

「それは似てますよ。なんといっても父君のお子なのですし、私の母の桐壺更衣と藤壺の宮さまはそっくりだというお話ですから」

光君はそう言ってなんとかその場をごまかしたが、父帝は、そうかそうかとにこにこしていらっしゃるばかりである。

この皇子を東宮にしたいと考える帝は、藤壺の宮を中宮《ちゅうぐう》(6)にされ、光君を宰相《さいしょう》(7)に任じられた。このことが一の宮の母親である弘徽殿女御の怒りをかったことはもちろん言うまでもないことである(8)。

注

(1)**先帝** 前の帝なのかどうかは不明。前帝だとしても、それが桐壺帝の父なのか兄なのか、それ以外なのかも不明。
(2)**行幸** 天皇の外出。
(3)**清涼殿** 13ページの絵を参照。
(4)**青海波** 雅楽の代表曲。2人で舞う。衣裳に用いる波形のデザインは今日の磁器などでも一般的。行幸当日の光君の舞いのすばらしさはこの世のものとも思えず、「いと恐ろしきまで見ゆ」ほどで、こっそり覗いている身分の低い者にも涙を流している人がいるし、時雨がぱらついたのも、空までが感動したせいだという。
(5)出産は、宮中から退出し、里邸で行う。病気の際も同様。宮中は穢れを忌むため。
(6)**中宮** 「皇后」にほぼ同じ。23ページの注1を参照。
(7)**宰相** 大臣、大納言、中納言に次ぐ政治上のポスト。定員8名。参議とも言う(96ページの注1、97ページの注2を参照)。
(8)原典には、このあと、源典侍《げんのないしのすけ》という老女房と光君との関わりのエピソードがあるが省略。おそらく57、58歳。書かれているかぎりでは光君のお相手の最高年齢。

八……………花宴《はなのえん》

「花宴」 光君が朧月夜に出会ったのが2月の紫宸殿の桜の花の宴、再会したのが右大臣邸の藤の花の宴だったことから。光君20歳。

光君は花見酒に酔っていた。

帝に愛され、順調に昇進もしている自分のことを、周囲の人々は、少しも欠けるところがない望月のような人生を送っていると思っていることだろう。なのにこんなに惨めな思いをしているなんて誰が理解してくれるというのか。

藤壺の宮はあれ以来まったく取り合ってもくれないし、実の子に父と名乗るわけにもいかない。妻の葵の上とは共通の話題すら見つからない。

今夜の桜の宴でも、舞いや歌をほめられはしたが、そんなことが何になるというのだろう。どれだけ飲んでも何も変わらないのはわかっていたが、飲まずにはいられなかった。

光君は空にぼんやりと浮かぶ朧月《おぼろづき》に誘われて、そのままふらふらと廊下を歩いた。

この宮中のどこかにあの方がいらっしゃるのだと思えば、居ても立ってもいられない。子を成すほどの仲なのだから前世に誓った何かがあるはずだと思うのに、藤壺の宮にはそれがわからないのだろうか。憎からず思ってくださっているのは間違いないと思えるのに。

そう考えながら光君は、酔いに任せて長い廊下を歩いているうちに弘徽殿のどこかへと迷い込んでしまった。

耳を澄ますと、

「朧月夜《おぼろづきよ》に似るものぞなき（1）」

という声が聞こえてきた。

光君がふと前を見ると、廊下を美しい女が歩いてくるではないか。

すれ違いざまに思わず光君は女の手をつかんだ。

「何をなさるんですか」

女は意外にしっかりした声で言った。

「人を呼びますよ」

なおも抗《あらが》うその女に光君はほほ笑んだ。

「私のことをとがめられる者などここには誰もいませんよ。静かにしてください」

男のその余裕のある様子に、女は、ああこれが噂の光源氏なのだ、と察した。

相手が光源氏とわかったとたんに抵抗をやめるのも現金な気がして、女がどうしようかと迷っていると、光君は、

「あなたは朧月夜にうっとりなさっていたようですが、私たちの縁はおぼろではありません。ずっと昔から結ばれるさだめだったのです」

と言い、女をさっと抱き上げ、近くの部屋に入った。

朧月夜に出会った風流な女が自分の身分をまったく明かそうとしないのを、光君はちょっと変だなと思いながらも、別れ際、この夜の記念に彼女と扇の交換をした。

しっかりとしていて頭の良い彼女のことを知りたくてたまらなかった光君だったが、彼女は、

「私が誰でもよろしいじゃありませんか」

と、そっけない。その態度にも光君は心ひかれるのであった。


光君が朧月夜に出会った女と再会できたのは三月も半ばを過ぎてのことだった。

たぶん、彼女が右大臣のゆかりの姫なのだろうということは光君にも想像がついたが、誰なのか見当がつかなかった。

右大臣邸で藤の宴が行われたその夜、光君は彼女を探し出すことに決めた。

きっとこの右大臣邸のどこかにあの朧月夜がいるはずである。

光君は酔ったふりをして奥の間に忍び込んで、そこにいた女性たちにそれとなく扇の話をしてみたが、みな何のことかわからない様子である。

すると几帳《きちょう》の奥でため息が聞こえる。

試しに、と光君が几帳のすき間に手を入れてみたら、その手を握り返してきた者がある。

「見つかってしまいましたね」

とあの懐かしい声が聞こえてきた。

彼女は右大臣の六番目の娘だったのだ、と光君は今やっと事の重大性に気がついた。

たしかにすばらしい姫君であった。

しかしこの恋が命取りになるかもしれないということは、まだ光君にはわかってはいなかった。

注

（1）大江千里「照りもせず曇りもはてぬ春の夜の朧月夜にしくものぞなき」（新古今集）が元歌。この女性の通称の由来。

九……葵《あおい》

「葵」 賀茂神社の大祭ではアオイを冠や車に飾る。それゆえ葵祭ともいう。光君の北の方はこの巻で逝去するため葵の上と呼ばれる。光君22～23歳。

突然、光君の父である桐壺帝が譲位(1)し、弘徽殿女御の一の宮が朱雀帝《すざくてい》(2)として即位した。新しい東宮には、三歳になったばかりの藤壺中宮《ふじつぼのちゅうぐう》の一子がなった。

光君はその皇子の後見役を帝から仰せつかり、恐縮しながらもお受けした。実の父だと名乗れないのは当たり前のことだが、それでも後見役としてそばに仕えるのは喜びだった。

譲位にともない、伊勢神宮に仕える斎宮《さいぐう》(3)も交代する。新しい斎宮には六条御息所の娘君が任命された。

賀茂神社に仕える斎院《さいいん》(4)も交代するので、賀茂神社の賀茂祭(5)に先立って行われる御禊《ごけい》(6)の儀式は例年以上の規模になった。光君も帝からのお達しで、その行列に参加する。

光君の妻である葵の上はそのとき妊娠をしていたので体調が悪かったが、女房たちにせがまれて祭りを見に行くことにした。

妊娠を機に葵の上と光君の関係はしだいに良くなっていた。

葵の上も、光君がからだの心配をいろいろしてくれるのが嬉しく、素直に感情を見せるようになったためである。

「光君さまの晴れ姿をご覧にならないなんて、きっと後悔なさいますよ」

と女房たちにうながされると、葵の上も北の方としてまんざらでもない気持ちになる。

葵の上を乗せた牛車《ぎっしゃ》が一条大路に着いたころには、道は人や車でいっぱいで、押すな押すなの大にぎわいだった。

葵の上の従者たちは、こちらはなんといっても左大臣の長女であり光君の正妻なのだから、良い位置で祭りを見るべきだと思い、他の車を立ち退かせ始めたが、そんな中、梃子《てこ》でも動こうとしない牛車が一台あった。

実はその牛車には六条御息所が乗っていたのである。

このごろはすっかりお越しがなくなった光君の姿をそれでも見たいと御息所は考えていた。遠くから姿を見るだけでも、激しい自分の情熱をなんとか抑えることができるのではないか、と考えたのだ。

やがてその車に乗っているのが御息所だとわかった葵の上の従者たちは、「愛人のくせに」と言わんばかりにその牛車を奥へ押しやり、ついには榻《しじ》(7)を壊してしまった。

ぎしぎしと軋《きし》み、揺れる牛車の中で、御息所は情けなさのあまりに泣いた。

前東宮の正妻という身分だったのに、今では自分の乗る車が光君の正妻の葵の上の車の後ろに追いやられてしまうほど落ちぶれてしまったのだ。

さっき一瞬だけ見えた光君のお姿はたしかに美しかった。

しかしあの人が美しいのはきっとその外側だけなのだ。どれだけ私が苦しんで、どれだけ私が愛しているのかなど、あの人は考えたこともないのだ。

今、こうして車の中で泣いていることなど、きっと想像をしたこともないのだろう。

どのみちあきらめなければならない恋なのだ。そしてあきらめるとしたら今が良い機会なのだ、と御息所は考えていた。


出産が近づく葵の上の体調が思わしくない。

あまりに苦しみが続くので加持祈禱を受けたところ、葵の上には強力な物《もの》の怪《け》がついている(8)と言われた。加持祈禱は何日も続き、ある夜突然、葵の上は産気づいた。

僧たちは芥子《けし》(9)をくべたりしてさらに加持祈禱を続けたが、その最中に苦しむ葵の上が声を上げた。

光君は葵の上の手を取り、

「心配しなくていいよ。病状はそれほど悪くないのだからね」

と励ました。

すると葵の上は、

「病のせいで苦しいのではありません。あんまり激しいお祈りが続くので苦しくなったのです。

悩み苦しむ人の魂は体を抜け出してしまうというのは本当ですね」

と言った。

葵の上の声ではない。

葵の上から発せられたその声は間違いなく六条御息所の声だった。

光君は驚いて動けなかった。

これはいったいどうなってしまったというのだろう。

「そんなことを言われても、私にはあなたが誰だかよくわからない。いったい誰なのですか？」

光君の問いかけに返事はなかった。

それでも葵の上は玉のような男の子を産んだ。

男子出産を喜んだ光君は葵の上の看病を続けるのだった。


六条御息所は葵の上の無事の出産と物の怪が現れたことを噂で聞いた。

なんとなくぼんやりした記憶をたどってみると、その葵の上のそばに行ったような気がする。

そして何よりの証拠に、自分の着物に芥子の濃い匂いが染み付いている。

はっきりとその記憶がないとはいえ、やはり物の怪というのは自分の生き霊だったのか、と御息所は認めざるをえなかった。

切ないやら悲しいやらでたまらない気持ちになるが、これればかりは自分でもどうにもできない。

これほどまでに思いつめたのは自分だけのせいなのだろうか。

それとも自分をそうさせたあの憎いお方のせいなのだろうか。

御息所はついに、斎宮になることが決まった娘と一緒に伊勢に下ってしまおうと決意した(10)。


小康状態が続いていた葵の上が息を引き取ったのはそれからすぐのことだった(11)。

せっかく子に恵まれ、夫婦としての優しい感情もお互いに持てるようになった矢先に妻を失い、光君の嘆きようはひとかたではなかった。

どうして人生というのは、得るものがあれば失うものがあるのだろう。

こんなに早く別れが来るとわかっていれば、葵の上ともっと打ち解けるようにするべきだったと悔やまれたが、今さらどうにもできない。

最後の一年くらいは夫婦らしいいたわりあいができたのがせめてもの慰めである、と考えるしか仕方がない、と光君は思った。


四十九日忌を終え、久しぶりに二条の自分の邸へ戻ると、紫がずいぶんと大人っぽく美しくなっている。

以前のように子どもっぽくまとわりつくこともせず、

「いろいろと大変でしたね」

など光君への配慮も見せるようになった。

顔付きもどんどん藤壺中宮に似てきたようで、光君はなおいっそう紫のことを愛しく思った。

その夜、光君は紫と新枕《にいまくら》を交わすことにした(12)。

最初はふざけているのかと思ってくすくす笑っていた紫だったが、光君が勢いにまかせて押さえつけると、怯えたようにすすり泣きを始めた。

紫にとっては父とも兄とも思って全面的に信頼していた光君が、こんなに恐ろしく痛いことを自分にするなんて、と怖くなったのだ。

すすり泣きは朝まで続き、翌朝はとうとう光君の呼びかけにも答えずに起きてこなかった。

「何をいつまですねているんですか。早く大人になりなさい」

と光君は屈託なく言ったが、紫はそれから何日ものあいだ、光君とは口をきかなかった。

注
(1) 帝は退位すると「院」と呼ばれる。すなわち桐壺帝は桐壺院となる。
(2) **朱雀帝** 25歳で即位。
(3) **斎宮** 伊勢神宮に帝の代理として、その帝の在位中、奉仕する未婚の皇女。占いで選ばれる。伊勢の宮殿は女の園で、多いときには1000人の女性が住んだ。飛鳥時代から南北朝時代まで続いた制度。
(4) **斎院** 京の賀茂神社(上賀茂神社と下鴨神社から成る)に帝の代理として奉仕する未婚の皇女。
(5) **賀茂祭** 祭りといえばこの祭りを指した。旧暦4月に行われる(現在は5月15日)。葵祭とも。

（6）**御禊** 斎院は祭りの日以前に、加茂の河原で身を清める。その禊《みそぎ》の日。

（7）**榻** 牛車の乗り降りに使ったり、牛を外したときに牛車の先端を載せる台。このシーンは有名な「車争い」の段。

（8）出産は難産が多く、命を失うこともあった。その原因を当時の人々は「物の怪」の仕業と考えた。加持祈禱の際、産婦や病人のそばに憑坐《よりまし》という人（多くは少女）を置き、物の怪を乗り移らせて退散させた。このシーンでは、物の怪はしぶとく、どうしても葵の上の中から出ていかないというふうに描かれている。

（9）**芥子** カラシナの種という説もあるが、現代では、あんパンなどに載せるケシの種を用いる。密教の儀式で木を燃やして悪業を燻り出す（護摩《ごま》を焚く）際に玄米やゴマと一緒に火にくべる。

（10）母が娘とともに伊勢へ下向した例はない。御息所はそれほど深く傷ついていたと同時に光君への執着を自ら断ち切ろうとしていた。

（11）葵の上26歳。光君は22歳にして、2人もの縁深い女性を失った。遺児・夕霧は当時の慣習にしたがって、亡くなった葵の上の実家、つまり左大臣家に引き取られる。

（12）紫は14歳。光君は22歳。

十……賢木《さかき》

「賢木」　伊勢へ下向するという六条御息所への未練絶ちがたく、嵯峨野の野宮《ののみや》（注１）へ追ってきた光君と御息所の贈答歌から。光君23〜25歳。

九月のある日、ついに六条御息所は斎宮の娘と一緒に伊勢へ下って行った。

光君は御息所に「自分はあなたへの愛情を失っていたわけではない」ということを伝えようとして引き留めたが、御息所の決心は固かった(1)。

そのころ、父の桐壺院が病気になり、治療の甲斐もなくひと月足らずで亡くなってしまった。

生前、桐壺院は息を引き取る前に今の帝である朱雀帝に、

「光君と東宮のことをくれぐれも頼む」

と言葉を残した。

しかし朱雀帝の世となってみると、右大臣方《がた》の勢力が強くなるばかりで、光君を含む左大臣方の権力は日に日に衰退していった。

父院の遺言を守る気持ちがないではなかったのだが、穏和な性格のために母の弘徽殿大后《おおきさき》(2)（前の弘徽殿女御）や右大臣たちの意見の前には沈黙せざるをえなかった。

しかしそれでもなお光君は、右大臣の娘である朧月夜と逢い続けた。

主なき桐壺院邸にこもりきりの藤壺中宮とも会えず、六条御息所も失ってしまった今となっては、光君の心を慰めてくれるのは朧月夜しかいなかったのである。

年が明けたころ、あろうことか朧月夜は朱雀帝の寵愛《ちょうあい》を受けることになった。女官としてこれ以上は望めないというくらいの最高の地位である尚侍《ないしのかみ》（3）になったのだ。朧月夜も、帝の気持ちをもったいないほどだとは思いながら、光君との密会をやめることができなかった。


右大臣方の勢力拡大に嫌気のさした左大臣は職を辞してしまった。

光君ももう昇進が望めないのはわかっていたが、気になるのは藤壺中宮とその一子のことである。後見人とはいえ、光君も自分の立場では勢いのある右大臣たちと渡りあえるはずもないのはわかっていた。

それでも藤壺中宮のお気持ちが自分にあるのだとわかったらどんなに心強いことだろう、と光君は考えて何度も何度も求愛をしたが、もちろん色よい返事はなかった。

藤壺中宮は自分が不義密通の子を産んでしまったことだけでも恐ろしさに怯えていた。子どもの父親が光君であることが表に出たらどうなるであろうか。

そのことを省みずになおも交際を迫る光君の気持ちが信じられなくもあった。

亡き桐壺院の優しさを思い出し、わが子の行く末を憂うにつけても、何の力もない女ひとりの自分の身がもどかしくもあり、情けなくもあって悩み苦しんでいた。

わが子の将来を考えると、自分のそばから光君を遠ざけるのがいちばん良いと藤壺中宮は思ったのだった。

そしてついにある日、藤壺中宮は出家を決意した。


激しい雷の夜を、こともあろうに光君は右大臣邸の朧月夜の部屋で過ごしていた。

そろそろ帰ろうとは考えていたのだが、雨も激しくなってきたので翌日帰ることにしたのだ。

そこに光君がいるのも知らず、あまりに激しい雷に心配になった右大臣は、娘の部屋へ様子を見に来てしまった。

雨の音があまりに大きくて父がやってきたのも気がつかなかった朧月夜だが、やがてずかずかと奥まで入ってきた父親の姿を見つけて息を呑んだ。

「どうして顔が赤いのだ？　熱でもあるのか」

そろそろと出て来た娘のからだを心配した右大臣は、朧月夜の着物の裾に男物の青紫の帯がからまっているのを発見した。

この娘は帝の寵姫《ちょうき》なのである。そんな大切なからだだというのにいったいこれはどういうつもりなのだ？

驚いた右大臣はつかつかと奥まで行き、帳台の中を覗き込んだ。

するとそこには見るもなまめかしい姿で、色気のある男が横になっていた。

あまりの光景に言葉を失った右大臣は、娘である弘徽殿大后のもとにあわてて引き返していった。

右大臣の報告を聞いた弘徽殿大后はいきりたったが、すぐに、これをきっかけにして光君の失脚をねらえることに気がついてほくそ笑んだ。

あの目の上のたん瘤《こぶ》のように憎らしかった桐壺更衣の息子を今こそ放逐できるのだ、と思うと激しく鳴った雷まで自分たち右大臣方の味方であるように感じられた。

父が出て行った後、朧月夜は困ったことになったと憂いていたが、一晩中光君に励まされて気を取り直した。

「見られてしまったことは今さら悩んでも仕方がないじゃないですか」

などと言いながら、その実、本当に困ったことになった、と骨身に染みて思っていたのは光君のほうだったのである。

注

（1）伊勢へ下る前、斎宮は身を清めるため、しきたりどおり嵯峨野の仮設の社（野宮）にこもり、御息所は娘に付き添った。ある秋の日、伊勢下向近しと知った光君が、葵の上の事件の疎ましさを乗り越えて、翻意を促しに訪ねてくる。御息所は、ともすれば、くずおれそうになる気持ちを持ちこたえて、最後の別れをかわす。伊勢へは5泊6日の旅で、かなりの規模の行列。

（2）**大后**　皇子が即位したことで弘徽殿女御は皇太后となった。

（3）**尚侍**　内侍司《ないしのつかさ》の長官。事実上の妃だが、本来は天皇への取り次ぎをしたり女官を監督する役職。朧月夜は光君とのいきさつがあったので、公然と女御として入内せずに、こういう体裁をとった。

十一……花散里《はなちるさと》

「花散里」 光君の歌「橘の香を懐かしみほととぎす　花散る里を尋ねてぞ訪《と》う」から。光君25歳。

その人のことをいつも考えていたというわけではなかった。とはいえ光君は一度として忘れたことはない。しかし恋のかけひきに疲れたときや勢力争いに嫌気がさしたとき、必ず思い出すのはその人のことだった。

こちらがそういうふうに愛しく懐かしく思っているとはいえ、その人はいったい自分のことをどう思っているだろう。

燃え上がるような期間が過ぎてしまえば、すっかり通わなくなった自分のことを恨みに思っているかもしれない。

夏のころ、光君はその邸を訪ねようと、お忍びのかたちで出かけた。

途中、中川(1)のほとりで昔の女の住まい(2)を見つけたので、惟光《これみつ》に歌を届けさせたが、女は知らぬふりをする。

こんなふうに、あの人もとうに心変わりしていても致し方がない。冷たくあしらわれるかと思いつつ、もともと訪ねようと思っていた邸に入っていった光君であったが、その人が昔とは少しも変わらず穏やかにほほ笑み、優しく迎えてくれるのに驚いた。

驚きながらもどこかでそれが当然だという気もした。

顔はほほ笑みながら少しとがった嫌みを言う女性も多いというのに、彼女はそんなことを言う様子もまったくない。

その夜は昔話に花を咲かせたが、あのころのことで光君をなじることもなければ、これからしばしば通って欲しいなどと言うこともない。

美しい女ではないが、その心の穏やかさが表情に表れ、しっとりとした印象を見る者に与える。無理して我慢して自分の立場を守っている、というような押し付けがましさなどは微塵もない。この人はそういう人なのだ、そこが何より魅力なのだ、と光君はあらためて彼女を見直した。

彼女のことを、花散里と光君は呼んでいた。

その可憐な名前どおりの人だった(3)。

注

(1) **中川**　29ページの注5を参照。
(2) 原文に「ただ一目見たまいし宿」とある。つまり、かつて一度かかわっただけの行きずりの女の家である。光君はこういう女のことも忘れない。かといって執着もしない。それが女たちの物思いの種である。

（3）花散里は桐壺帝の女御であった姉と同居している。邸の前のタチバナの木から光君は巻名の由来の歌を詠む。橘といえば当時の誰もが「五月待つ花橘の香をかげば　昔の人の袖の香ぞする」を思い浮かべたろう。橘は過去や故人を懐かしく思い出すよすがである。桐壺院が亡くなって1年半、この邸も経済的に逼迫しており、光君も右大臣派に追い詰められている。この一巻は、順風満帆だった光君の航路に嵐が吹く直前の間奏曲である。

十二……須磨《すま》

「須磨」光君の退去先。現在の兵庫県神戸市の西約10キロ。地名が巻名になっているのは、ほかには次巻の明石だけ。光君26～27歳。

朧月夜との密会が見つかってしまって以降、光君への右大臣方からの風当たりが強くなっていた。

官位も剝奪されたし、今後はもしかしたら流罪《るざい》もあるのではないか、と光君は考えた。立場が不利になってきたのは自分だけではなく、自分の周辺にもどうやらその気配が忍び寄って来ているようだ。

こうなってくると、これ以上の災いを避けるために自分から都を離れたほうがよいのではないか。

とはいえ反省の態度を示すために流れていくとなると、にぎやかな場所に行くわけにはいかない。

そういえばあの須磨というところはどうか、と光君は急に思いついた。

昔は人家も結構あってにぎやかだったとは聞くが、今はすっかりさびれてしまったと噂されている。そういう場所は今の自分の立場にぴったりなのではないか、と。

その決意を告げると妻の紫の上(1)は、

「いったいどうしてあなたがそんなところへ行かなくてはならないのですか。どうしても行かなければならないというなら私も連れて行ってくださいまし」

などと言い、来る日も来る日も泣き続ける。

自分だって京に残していく女性たち、とくに紫の上のことは心配でたまらないのに、他に良い方法があるわけでもないし、としばしのあいだ光君は悩み苦しんだ。

朧月夜と関係を持ったことについては後悔などしていなかった。あの朧月の夜、扇を振りながら歩いてきたあの美しい女をどうして放っておくことができたろう。しかし、結果としてこんなことになってしまった。光君はやりきれなかった。

そしてついに須磨行きを決意したのだった。


出発の数日前、光君は亡き妻である葵の上の実家の左大臣邸へ挨拶に訪れた。

忘れ形見である幼い夕霧を抱きながら、まだこんな小さい子を残して旅立たねばならない自分を情けなくも思ったが、この子のためにも、いつか命のあるうちに必ずや都に戻ってくるのだと、新たに誓いもした。

義兄の頭の中将も言葉少なだったけれど、こちらのことを心より心配してくれている感じが見て取れ、光君は胸が熱くなった。

縁のあった女性たちに別れの挨拶をしておこうと、光君はまず花散里の邸に向かった。

彼女はいつものごとく温かく接してくれ、「必ず手紙を書きますから」と優しく言ってくれた。

激しい恋も切ない思い出も良いものだったが、今となっては、彼女のような情の深い温かい人柄の女性と縁があったということが、何よりも嬉しく思える光君だった。

そして今、会って顔を見ながら話したいと切に思う朧月夜には手紙だけを届けておいた。会うにはあまりに危険すぎたからだ。

尼になった藤壺中宮は、さすがにその日だけは女房を介さず、ちゃんとじかに接してくれた。

言いたいことはたくさんあった光君なのに、あまりに思いが強すぎて具体的な言葉にはならない。

思えば自分がこうやって数々の女性たちのあいだをさ迷い続けたのも、ただただひたすらにこの方との恋がどこかもどかしく、強く結ばれたように感じられなかったのが原因なのではないかと思われた。いつまでも無駄な遠回りをしている自分の姿をあらためて見せつけられる思いがする。

しかしそれを口にすることもはばかられるので、光君はただ中宮と自分とのあいだに生まれた秘密の子についての話を少ししただけだった。

明日はいよいよ出発という日の夕暮れには、北山にある亡き父、桐壺院の墓陵にも参詣した。

帝の子として生まれた自分がこうして都落ちしなくてはならないのも、なにか前世の因縁なのかもしれない。そう思えばまた暮れ行く都の情景も心に染みるものがある。

紫の上はその夜も泣いたが、それでももう覚悟は決まったようだった。

光君の決意も揺るぎのないものになっていたが、ただ気がかりなのは、自分がこのまま須磨で客死してしまったらこの人はどうなるだろう(2)、ということだった。それを考えると光君の胸にも迫るものがあり、その夜は一睡もできなかった。

他にもゆかりの人はたくさんいたのにもかかわらず、もはや力を失ってしまった光君のところには人目をはばかって挨拶には来なくなっていた(3)ので、翌日は寂しい旅立ちとなった。

惟光をはじめ、身の回りの十人足らずの家来たちと夜更け(4)に出発した光君は須磨の浦に着いた。

須磨というのは、その昔に在原行平《ありわらのゆきひら》(5)が侘び住まいをしたことで知られる土地で、やはり噂に違《たが》わぬ寂しい場所だったが、住まいを整えようとこまごまとしたことをしているうちに日々は過ぎていった。

けれども、もはや自分には昇進の途は閉ざされてしまったのだという絶望感に、光君の気持ちは沈んでいた。

このまま自分は人里離れたうら寂しい田舎で、ただ生きながらえるしかないのだろうか。

とはいえ所詮、さだめには逆らえない。

またいつか良い時も来るだろう、と光君は思い直した。

そして新しい環境になじもうと須磨の暮らしに喜びを見いだそうとした。手持ち無沙汰のときに絵を描いたり歌などを詠んだりしているうち、その侘しさの中にやすらぎを感じられるようにもなっていた。

京の女君たちからはよく手紙が来た(6)。紫の上はもちろん、藤壺中宮や花散里、そして伊勢へ下った六条御息所からも……。

それを読むにつけても、自分はなんと華やかな日々を送っていたのかということが今になってはっきりとわかり、光君はたくさんの美しい歌を書いて返事を出した。

しかしその歌が今度は問題となったのだ。

あまりにそれらが美しかったため、都で光君の歌がもてはやされるようになったのはよかったのであるが、それがいつのまにか弘徽殿大后の耳に入ってしまったのだ。

それはもちろん右大臣側を怒らせるには充分なことだったらしく、それ以降、光君のもとにはあまり都から手紙が来なくなった。


夏になると朧月夜は帝からのお許しが出て、やっと宮中に参内《さんだい》できるようになった。どんなことがあろうと、朱雀帝はやはり朧月夜のことを愛していたのである。

しかし朧月夜の気持ちはまだ光君のもとにあった。

自分とのことが原因で遠く須磨に流れて行った人の姿がいつもいつも胸にあったのだ。もう生きているうちにその姿を自分の目でじっさいに見ることはかなわないかもしれない、ということもわかっていた。

そうこうしていた翌年、頭の中将が須磨の光君のもとを訪れた。右大臣方を気にして光君を訪ねる者などほとんどなかったので、光君は本当に懐かしく嬉しく、持つべきものは親友である、と思った。

中将もこちらのことをとても心配していた様子で、光君の顔を見て思わず涙を流すほどの喜びようだった。

その夜、ふたりは夜遅くまで語り合い、漢詩を作り、都の思い出話に花を咲かせた。

そのころ、明石《あかし》に住んでいる明石の入道《にゅうどう》(7)と呼ばれる男が、光君が須磨に落ちてきたことを聞きつけ、是非とも一人娘を光君に差し出したいものだ、と企んでいた。

この入道はもとをただせば光君の母の桐壺更衣のいとこに当たる人物だった。若いころは都で近衛中将《このえのちゅうじょう》まで務めたが、事情(8)があって今は辺境の地で聖《ひじり》のように妻と娘と暮らしている。

娘は人柄もつつましく教養もあり、音楽の才能も豊かだったので、なんとしても身分の高い男のもとへ嫁がせたいと考え、住吉大社《すみよしたいしゃ》(9)にその願をかけていた。

母のいとこだから、光君はこの男のことを知っていたし、かつてある供人《ともびと》から入道の娘の話を聞いた折りに興味をひかれたことを思い出した。

明石といえば目と鼻の先だが、かといって積極的にどうしようとも思わなかった。何しろ蟄居《ちっきょ》中の身なのであるから。

須磨は突然の激しい嵐に襲われた。その夜、光君はひどく恐ろしい夢を見た。それは何者ともつかないほど恐ろしい形をした生きものが光君に向かって襲いかかり、「海竜王(10)のもとに参内するように」という言葉を発するという、なんとはなしに不吉な夢だった。意味はよくわからなかったが光君は内心とても怖くなり、自分が須磨にいるのはよくないのではないかと考えていた。

注

(1) 紫の上の「上」は第一夫人の意。
(2) 光君は出発前に財産のほとんどを紫の上に譲る手続きをとった。
(3) 紫の上の父もその1人。
(4) 当時の旅は夜明け前に出発するのが普通。京から伏見まで徒歩か馬で行き、舟で淀川を下り、難波(大阪）に着く。ここまでで丸1日。さらに須磨まで舟で行く。
（5）**在原行平**　在原業平の兄。須磨での光君のモデルとも言われる。
（6）手紙を運ぶ者もひと苦労である。1泊させ、もてなしてやる。
（7）**入道**　出家した人。転じて坊主頭の人を指すこともある。藤壺も原典では、出家後は入道と書かれている。ここでは「剃髪し僧衣を着ているが、まだ家にいる者」の意。
（8）大臣家に生まれたが栄達に興味を持てず、偏屈で人づきあいも苦手なことから、播磨守《はりまのかみ》となって地方に下ったまま土着してしまった。娘が生まれる前に「極楽浄土を目指して舟を漕いでいく自分の夢」を見て以来、娘を貴人に捧げ、都で花開かせることだけを祈っている。60歳前後。
（9）**住吉大社**　海神をまつる。航海の神。現在の大阪市住吉区。当時は今よりも海に近く、有名な太鼓橋あたりまで潟（ラグーン）だった。
（10）**海竜王**　竜神。

十三……明石《あかし》

「**明石**」光君が明石の入道に迎えられて明石に移ったことから。須磨から西へ約8キロ。光君27～28歳。明石の君18～19歳。


嵐はおさまらず、落雷で邸の一部も焼失した。

この世の終わりかと思うような激しい風雨だったので、都の紫の上から安否うかがいの使いがやってきたほどだった。

その使いの伝によると、都も荒天が続いているという。

そんな天候の中、落ち着かない気持ちで眠りについた光君の枕元に亡き桐壺院が現れた。

不思議なことに院は、

「住吉大社の神の導きに従い、早く須磨を立ち去りなさい。私は朱雀帝にひと言言わねばならないことがあるから、このまま都に向かうつもりだ」

などとおっしゃる。

キツネにつままれたような気持ちで目覚めた光君だったが、それは夢とはいえ、とても現実感のある奇妙なものだったので気にかかって仕方がなかった。

するとその朝、須磨の浦に明石の入道と名乗る男が舟をしつらえて、突然やって来たのだった。

そして、挨拶もそこそこに、

「私もこの世のものとは思えない生きものが現れる夢を見ました。そしてその生きものが言うことには、『この嵐がおさまったら、とにかく須磨に迎えの舟を出せ』ということでした」

と言うのである。

光君はおかしなことだと思ったが、夢の内容がぴったりと一致するので素直に明石の入道の言うことに従い、四、五人ばかりのお供を連れて舟に乗り込んだ。

その船旅のあいだ、暴風雨の中とは思えない順風が吹き続けたのがまた不思議だった。

一行は無事に明石の浜に降り立った。

光君はたちまちにしてこの土地が気に入った。

風光明媚なところでなかなか趣があったし、明石の入道は羽振りがよいらしく(1)豪華な邸宅に意趣を凝らした造りの調度品を置いていた。

光君は大歓迎してくれる入道一家をありがたいと思い、当分ここでやっかいになることを決めたのだった。


都では凶事が続いていた。

桐壺院が光君の夢に現れた日、院はその言葉どおり朱雀帝の夢枕に立ったという。そして朱雀帝を強く睨みつけた。すると不思議なことに、その日から朱雀帝は眼病にかかってしまったではないか。

不幸はそればかりではなく、栄華を誇り、ついには太政大臣(2)の地位にまで昇りつめた前の右大臣が急死した。おまけに弘徽殿大后も病を得てしまったらしく、日に日に弱っていく。

朱雀帝は、これは自分が遺言を守らず、光君を地方でつらい目にあわせているのを、成仏されていない父院が雷となってまでお怒りになっておられるせいだと思い、光君を都に呼び戻したいと考えるようになった(3)。

母である弘徽殿大后に提案すると、大后は病で弱りながらも絶対に反対だと言う。

朱雀帝は、いったいどうしたものかとため息をつきながらも、逆境の光君に思いをはせるのであった。


ある秋の夜、光君はついに明石の入道の娘、明石の君と枕を交わすことになった。

最初のうち彼女は、光君とのあまりの身分の違いになかなかうんと言わなかった。

明石の君にしてみれば、自分が光君に愛されるとはとうてい思えなかったからだ。

相手は戯れのつもりなのに、自分だけが深く溺れてしまいそうで怖かったのだ。

それではじめのうちは気持ちが通いにくかったのだが、そのうちに光君の優しい気持ちにほだされてきた。

ひなびた土地にいるとはいえ、入道が大切に育てた娘らしく、その立ち居振る舞いには高貴なところが見受けられ、その印象はなんとなく六条御息所に似ているような感じがする。

外見の美しいのはもちろんであるが、しっかりした考えの持ち主らしいということも接しているうちにわかり、それがいっそう光君の心をとらえた。

そうやって明石の君にひかれていったが、都で自分の帰りを一心に待っている紫の上のことを思い出すと心が痛み、とはいえずっとこのまま秘密にすることもできないと思った光君は、この旨を報告する手紙を紫の上に出した(4)。

するとすぐに、怒りと悲しみに胸が締めつけられるようだと、切なさでいっぱいの和歌が、紫の上から返ってきた。

このままここで骨を埋めるようになってしまうのか、いつかは都へ帰れる日が来るのか、と思いながらも光君は明石の君とひそかな逢瀬を続けたが、やはり紫の上のことが気にかかり、その足も遠のきがちになるのだった。

しかし光君が明石の君と契りを交わしてから一年になろうというころ、突然、朱雀帝から光君に赦免《しやめん》(5)のお達しがあった。

光君の心は喜びに震えた。

が一方では、明石の君のことを考えると名残惜しかった。

別れの日が近づくにつれて、光君は情熱的になり、逢瀬を重ねた。

そしてその結果、明石の君は子を宿したのである。

しかし明石の君は悲しみに沈んでいた。

光君はその姿に哀れさがひとしお募って、明石の君に形見分けとして琴《きん》を渡し、

「この琴の糸の調子が変わらないうちに、きっとまた会いましょう」

と約束をした。

明石の君と離れがたい気持ちは光君にとっても同じだったからである。


光君が都の二条の邸に戻ると、みな嬉し涙を流さんばかりの大喜びだった(6)。

そして、なんと言っても光君の心を打ったのは、しばらく会わなかったうちになおいっそう美しく大人っぽくなっていた紫の上の姿である。

雀を逃がしたと泣いていたあの少女のときから考えると、時の長さにも驚いたし、その成長ぶりにも驚いた。

ふたり再会を喜んだのち、光君は紫の上に明石の君のことを尋ねられて、

「あなたほどの魅力のある人ではないよ」

と答えるのだった。

紫の上はその言葉を嬉しいような切ないような気持ちで聞いたが、今は再会の喜びのほうが大きかった。

光君はすぐに政界復帰を果たし、ほどなく権大納言《ごんのだいなごん》(7)に昇進した。周囲の者もほぼ前の位に返り咲き、また元のように華やかな都の日々が始まったのであった。

注

(1)空蟬の夫・伊予介も同じだが、受領《ずりょう》は地方権益を得やすく羽振りがよかった。蓄財をして都に帰ってくるのが常道。ただし明石の入道は性格が偏狭で地元とのトラブルも絶えなかった。

(2)**太政大臣**　天皇・摂政を除けば政治の最高ポスト。ただし名誉職で実務はとらない。大臣経験者だけがなれる。

(3)当時の読者は、こうした天変地異、特に激しい落雷のエピソードで、太宰府《だざいふ》に流され、死後、恨みから雷となって内裏の紫宸殿《ししんでん》(13ページの絵を参照)を焼いた菅原道真の故事を想起したことだろう。

(4)別の女性を好きになったことを告白することは男の愛の証であった。女性たちも、告白してくれるのは自分を愛しているからだと感じ、隠されることを何より嫌った。一夫多妻制度の下での独特な感じ方だろう。

(5)朱雀帝は母后の反対を押し切って断を下した。皇子はまだ2歳で、その後見を光君に期待する目論見もあったし、なにより光君への信任が厚かった。何をやっても光君にはかなわないという気持ちがあるので、朧月夜の一件も、忸怩たる気持ちながら許すのである。

(6)およそ2年半ぶりの復活である。

(7)**権大納言**　大臣を助けて政務を執り、大臣不在の折りは代行する。当時は3、4人いた。「権」は「員外の」の意。

十四……澪標《みおつくし》

「澪標」 船の航路を示す杭。古来、難波江《なにわえ》（現在の大阪湾）の澪標が有名。住吉詣での折りの光君と明石の君の贈答歌から。光君28〜29歳。

光君が都に戻ると不思議に朱雀帝の眼病は完治していた。

朱雀帝は母が右大臣方ながら、亡き桐壺院の言い付けを守ろうとしていたし、義理の弟である光君に好意的な感情も持っていた。

翌年二月、藤壺中宮《ふじつぼのちゅうぐう》の皇子である東宮が十一歳で元服したのを機に朱雀帝は帝位を譲り退位した。

もちろん、この冷泉帝《れいぜいてい》と呼ばれる新帝が光君と藤壺との不義の子であることは秘密である。

一時はその存続も危ぶまれた左大臣方はたちまち勢いを取り戻した。光君は内大臣（1）となり、かつては頭の中将と呼ばれていた光君の義兄は権中納言《ごんのちゅうなごん》（2）に昇進した。

そしてそのころ、明石の君に子どもが生まれたのである。

光君はその子が女の子であることを生まれる前から知っていた。

いつか見てもらった占星術師が、

「子どもは三人おできになる。ひとりは帝となられ、ひとりは太政大臣となられ、あとの方は中宮となられましょう」

と言ったのを覚えていたからである。

藤壺との子は確かに冷泉帝となった。太政大臣になるはずのもうひとりというのは葵の上との子、夕霧のことであろう。あとのひとりは、中宮というからには女の子なのだろうと予測していたのである。

しかし将来、中宮となるような身分の子が明石などで生まれてよいものだろうか、と心配になりもしたが、やはり初めての女児誕生が嬉しくてたまらない。

光君は心勇んで京から明石に乳母を下し、五十日《いか》の祝い(3)にもさまざまな品物を遣わせた。そしてしきりに明石の君に上京をすすめた。

とはいえ、それを紫の上に告白しなければならないのが気重である。

光君からそのことを聞かされた紫の上はやるせない様子で泣きもしたが、それでも最後には光君の気持ちを思い、すべてを受け入れようとした。そしてその様子が、光君には不憫に思えるのだった。

どうしてこの愛しい妻とのあいだには子ができないのだろう、と光君は不思議な気持ちになりながらも、いちばん大切なのはあなたですよ、と紫の上に告げた。

本当にその気持ちに嘘はないのだ、と確信しながら。

須磨が暴風雨に襲われたとき、光君は海の怒りを鎮めてくれるよう住吉大社に拝み続けた。こうして無事に都に帰ることができ、また女児を授かった今、何はさておきお礼参りに出かけなければ。

光君がそう考えていたまさにそのころ、偶然にも明石の君も参詣を思い立っていた。離れて暮らしているふたりが同時期にお礼に詣でようとするのも何かの因縁なのだろうか。

舟で住吉大社に向かっていた明石の君は海上から華やかで豪勢な行列を見つけた。誰が参詣しているのか気になった明石の君は、従者に、あれは誰の参詣なのかと問わせた。

すると向こうの行列の身分の低い者たちは、

「今どき、光源氏の君が参詣されるのを知らない人もいるんだなあ」

と笑っている。

それを聞いた明石の君は、なんということだろう、と思った。

こんな娘まで成すような縁でありながら、その相手が参詣に来ていることを知らないなんて、と思うとやりきれない。

それに光君の行列だとわかったからといって、すぐにそばに近づいて行けるほどの身分ではない自分の身が呪わしくもなる(4)。

いつもいつもあの方のことを心にかけて、いつもいつもあの方のことを考えているというのに、明石の君はあまりの情けなさで身も世もなく泣いたのだった(5)。

御代が代われば斎宮《さいぐう》も交代する。

六条御息所は娘の斎宮とともに六年ぶりに都に戻って来ていた。

その御息所が病に臥《ふ》せっていて、かなり悪いという噂を耳にした光君があわてて見舞いに駆けつけると、もう虫の息だった。

あの美しかった御息所が今、かよわく痩せた手をこちらに伸ばしながら、

「お願いがあります」

と言うのを光君は信じられない気持ちで聞いた。

この人がこんな気弱な仕草を見せるなんて。

「あなたの願いならなんなりとかなえましょう」

光君が返事をすると、御息所は娘である前斎宮のことをよろしく頼む、と言う。

光君は、

「もちろんですよ」

と答えた。

そう答えたものの、光君は病床の奥にいた前斎宮の、そのしなやかな美しさに心を奪われそうだった。

すると御息所は息もたえだえながら、どこにそんな力が残っていたのだろうと思われるように

ぴしゃりと言った。

「お願いですから、娘を私のような目にはあわせないでください」

どれだけ自分はあなたを愛して苦しかったことか、と御息所は言外に言うのだった。

この人の愛情は恐ろしいほどに強かった、と光君はそのか細い息を聞きながら、数々の逢瀬を思い出していた。そしてわかった。

賢く美しかったのに本当に不運な人だった。自分はそんなこの人の深い情にひかれていたのに、幸せにしてあげることができなかった、と。

「わかりました。ご安心ください」

光君の返事に満足したような笑みを浮かべて御息所は目を閉じて眠りについた。

六条御息所が死んだのはそれからしばらくしてであった。

光君はのちに約束どおりこの前斎宮を養女として迎え、藤壺中宮と計って即位したばかりの冷泉帝のもとに入内《じゅだい》(6)させたのだった。

注
(1) **内大臣**　左大臣・右大臣に並ぶポスト。空席のことも多い。定員1名。復帰後の光君は政務に忙しく、「忍び歩きもままならなかった」という。

（2）**権中納言**　大臣の下が大納言、その下が中納言で、各々定員は3名。

（3）**五十日の祝い**　生後50日目には赤ん坊に餅を食べさせる真似ごとをする行事がある。100日目も同様。

（4）明石の君は、惟光をはじめ明石で見かけた光君の部下たちが晴れがましく行列に参加している姿も目にする。光君は復帰後、須磨・明石についてきてくれた者たちを厚遇している。

（5）このあと、明石の君はいったん参詣をあきらめてしまう。惟光からそれを聞いた光君は歌を贈る。「みをつくし恋《こ》うるしるしにここまでも　めぐり逢いける縁《えに》は深しな」（身を尽くして恋い慕った甲斐（かい＝櫂）があって澪標のある難波《なにわ》で会えた。深い縁ですね）。明石の君の返歌「数ならでなにわのこともかいなきに　などみをつくし思いそめけん」（人の数にも入らない身分の、何のかいもない私なのに、どうしてあなたを思いそめてしまったのか）。「みをつくし」には身を尽くしと澪標の2つの意味が含まれている。

（6）**入内**　妃として内裏に入ること。入内は女性にとって晴れがましいことだが、必ずしも帝の寵愛を受けられるとは限らないから賭けでもある。

十五……蓬生《よもぎう》

「蓬生」 蓬《よもぎ》の生《は》える所の意。末摘花の荒廃した邸を表す。光君28〜29歳。

光君が都を離れていたとき、彼と関係のあった女性たちはみなそれぞれに悲しく惨めな思いをしたが、中でも困窮を極めたのは光君が末摘花と名づけた姫君だった。

この末摘花は美貌に恵まれてはいなかったが、心根の優しいおっとりとした姫君だったので、そこを光君は愛しいとは思っていた。しかし四六時中彼女のことを考えていたわけではなかったから、忙しさにかまけて援助することを忘れているうちに、末摘花の生活は貧しくなっていった。長いあいだ末摘花邸に勤めていた女房もだんだんやめていき、末摘花邸は寂しく荒れ果てていた。

邸宅や家具を売ったらどうかと勧められもしたり、あまりの貧しさに馬鹿にされもしたのだが、そんな生活にめげることなく彼女は亡き父宮の言い付けを守り、誰に文句を言うわけでもなく質素に暮らしていたのだった。

そのうち末摘花は光君が須磨から帰京するという噂を聞いた。

必ずや光君はまた会いに来てくださるに違いないと信じ、ひたすらに待つ末摘花だったが、秋が過ぎ、冬が終わってもそれはかなわなかった。

しかしそれでもなお末摘花は光君の訪れを信じていた。


そんな彼女のいじらしさを仏さまも見ていらっしゃったのか春になって、須磨から帰って来た光君がたまたま末摘花邸の前を通りかかることがあった。

見覚えのある邸宅が廃屋のように荒れ果てているのに驚いた光君がその中へと入ると、あの日と何一つ変わらずに末摘花がそこにはいたのである。

「必ずいつかお見えになってくださると思って待っておりました」

末摘花はそう言い、決して恨み言などは口にしなかった。

本当に来る日も来る日も自分のことを信じて生きてきてくれた様子を光君は愛しく思い、自分のことを薄情な人間だったと反省もした。そしてこれからは彼女に一切、不自由な思いをさせないと約束した(1)。

その言葉どおり、光君は邸宅の修理を即刻命じて末摘花の暮らしを整えた。

そして光君は父帝から譲り受けた二条院の東院《とういん》を立派に建て直し、花散里や末摘花が幸せに暮らせるようにしてやろう、と決意していた。

注

（1）光君はたまたま通りかかっただけで、じつは末摘花を忘れかけていた。にもかかわらず、平気な顔で「ずっとあなたを心配していましたが、便りをくださらないのを恨みに思い、お気持ちを試していました。とうとう根負けしてお寄りしたのです」という。口の軽さか、優しさか。

十六……関屋《せきや》

「関屋」 関所またはその施設のこと。光君と空蟬が逢坂の関所（現在の京都府と滋賀県の境）で偶然会ったことから。

・光君29歳。

以前、光君と短い関係のあった空蟬《うつせみ》は、伊予介だった夫の任国が代わったのにともない、夫とともに常陸国《ひたちのくに》へ下っていた。あれから十二年ののちのことである。

遠い常陸国にも、光君の須磨での不遇の様子が伝わってきていたが、気になりながらも空蟬は便りを出すわけにもいかず、光君の幸福を祈っていた。

しかしどういう偶然なのか夫と空蟬の一行が都へ戻ろうと逢坂関《おうさかのせき》(1)まで来たところ、光君の一行と出くわしてしまったのである。

光君もそれをお付きの者から知らされてはいたが、こんなふうに行き会うことになろうとは思いもよらなかった。

そのとき光君の一行は、内大臣になれたお礼に石山寺《いしやまでら》(2)へ参詣する途中だったので、空蟬たちは車から降りて光君一行を先に通らせた。

空蟬のことをたまらなく懐かしく思った光君は、都に戻るなり便りをしたためた(3)。

空蟬の弟は、光君が須磨へ流れたときに、主君を捨て姉のいる常陸に行ってしまっていた。

そこで今はもうそれなりの役人になっているこの男に便りをことづけたのである。

以前は人妻だからと光君から逃げはしたが、今はただただ懐かしさのほうが強くなっていた空蟬はその便りを見てすぐに返事を書いた。

光君は、すんでのところで空蟬に逃げられ、薄衣だけが残っていたあの夜のことを思い出した。もちろん彼女の義理の娘の軒端荻《のきばのおぎ》のことも。

あのとき、空蟬も光君のことが嫌いで逃げたわけではなかったので、こうして手紙を交わすのは嬉しく思っていた。

しかしそうこうしているうちに空蟬の夫が老衰で死んでしまったのである。

空蟬は自分が夫と一緒になった日のことを昨日のことのように思い出した。夫とは年が離れていたし、後妻ゆえの苦労もした。

若い自分の美しい日々を捨て、光君との恋もあきらめて生活のために生きてきた空蟬だったが、いざ夫に死なれてみると心もとない気持ちでいっぱいになる。

輝く日々だったとはお世辞にも言えないが、それでも幸福な日々だったのかもしれない、と空蟬は夫との地方での生活を思い出していた。

ところがどういうことだろう。夫が死んだとたんに、あの中川の邸の持ち主だった継子の紀伊守（今は河内守）が空蟬に関係を迫ってきたのである。

空蟬は人の心のあさましさに打ちひしがれ、そのうちにすべてが空しくなって出家した。

出家してしまえば、光君との美しい日々も思い出に過ぎなくなってしまった。空蟬はその名のとおり、自分の空っぽの心を持て余しながら仏に祈りを捧げ続ける半生を選んだのだった。

注

（1）**逢坂関**　「逢う」にも掛けた歌枕。鈴鹿（三重県）、不破（岐阜県）と並ぶ平安時代の3関。この巻のエピソードには「これやこの行くも帰るも別れては　知るも知らぬも逢坂の関」（蟬丸）を響かせている。

（2）**石山寺**　大津市の名刹。紫式部はここで琵琶湖に映った満月に霊感を得て源氏物語を書き出したという伝説がある。

（3）光君は空蟬に「あなたのために関所まで迎えに参りました」と伝える。

十七……絵合《えあわせ》

「絵合」 所蔵する絵の良さを2組に分かれて競う催しもの。1度目は藤壺の宮、2度目は冷泉帝の前で行われた。光君31歳。


六条御息所の娘である前斎宮は光君の養女となり、冷泉帝のもとへ入内して梅壺 女御《うめつぼのにょうご》(1)と呼ばれるようになっていた。

前帝の朱雀院は梅壺をことのほか気に入っていたが、光君と藤壺の政略(2)で、梅壺はふたりの秘密の子である冷泉帝のもとに入内した。

六条御息所に梅壺のことをくれぐれも頼むと遺言された光君は御息所への償いの思いもあって、いつも梅壺のことを気にかけていた。しかし彼女の宮中での生活も順風満帆とはいかなかった。それは冷泉帝のもとに先に入内した女性がいたからである。

光君の義兄であって大親友でもある権中納言（元の頭の中将）の娘の弘徽殿女御《こきでんのにょうご》(3)だった。彼女は十四歳。十三歳の冷泉帝とは年齢が近く、かなり親しくなっていた。

そこに二十二歳の梅壺が割って入ってうまくいくことなど無理かもしれないと光君は心配していたのだが、ふたりには共通の趣味があって思いのほか仲良くなれた。

その趣味とは絵を描くことであった。梅壺女御は絵を描くのが好きで、とても上手だったのである。

光君の心配をよそにふたりはいつも一緒にいて絵を描くことが多くなった。

おもしろくないのは弘徽殿女御の側である。

彼女の父の権中納言は負けじとばかり名人を集めて絵を描かせたりしたが、光君の側も負けはしなかった。紫の上とふたりで相談して秘蔵の作品を梅壺に贈ったりした。

そうこうしているうち、いっそのこと絵を比べて甲乙をつける「絵合わせ(4)」を帝の前で行うのはどうだろう、という話になり、もちろんどちらの組も勢い込んで自慢の絵を集めた。

その結果、どちらからもすばらしい作品がずらりと並べられることになった。

なかなか甲乙つけがたかったのだが、最後の最後に梅壺側から出された一枚が勝負を決めた。

その絵は光君が苦難の真っただ中にあったころ、自ら須磨で描いた絵であった。

そのあまりに見事な出来栄えに、見ている人々は言葉を失った。見ているうちに涙を流す人もあったほどだ(5)。

そのころの心境を綴った歌も添えられ、不遇だった光君の気持ちが手に取るように感じられる見事な作品だった。

この作品によってこの「絵合わせ」は梅壺女御側の勝ちとなったのである。

注

（1）**梅壺女御**　梅の木がある「梅壺」の殿舎に住んだので。13ページの絵を参照。
（2）藤壺は冷泉帝を守るために、それまでとは別人のようなしたたかさを見せる。
（3）**弘徽殿女御**　もちろん、桐壺更衣や光君を憎んだ弘徽殿女御とは別人。同じ弘徽殿に入ったため、こういう通称にならざるをえない。13ページの文を参照。前の弘徽殿女御は皇子・朱雀帝の即位とともに弘徽殿大后となり、病を得、光君の復活と対照的に物語から静かに退場する。
（4）絵合わせという催し物は紫式部の創案。源氏物語以前には実例がない。
（5）光君は万能である。絵以外にも、漢詩は当然として、弦楽器、とくに琴《きん》、薫香、舞踊に秀でていた。なお、当時の女性に求められた教養は和歌、書（ひらがな）、弦楽器など。

十八……松風《まつかぜ》

「松風」 大堰《おおい》に移った明石の君は光君の琴《きん》(90ページ参照)を弾いて寂しさを紛らわす。その音と松風が響きあい、母の尼君も明石の地を懐かしく思う。光君31歳。

かねてから造営中だった二条の東院(1)が完成した。それは立派なもので、光君の権力を象徴するような建物だった。

光君はその西の対《たい》(2)に花散里を迎えることにした。美人というわけでもなく、気の利いたことを言うわけでもなかったが、何より彼女は信頼できる人であったので、光君は花散里をできるだけそばに置いておきたいと思ったのだ。

北の対はことさら広く造り、契った女君たちのためにと考えていくつかの局《つぼね》(3)に仕切った。

そして、そのひとつに末摘花を住まわせた(4)。

それから東の対には明石の君を呼び寄せたい、と光君は考えていた。

何度かその旨を書いた手紙を送ったのだが、明石の君は身分の高くない自分を恥じてなかなかよい返事を返してこない。きっと自分のような育ちの人間が都で他の女性たちに伍してやっていけるわけはない、と考えているのだろう、と光君は察した。

娘の態度をどうしたものかと考えた明石の入道は一計を案じ、都の郊外の大堰川《おおいがわ》(5)のほとりの別荘を明石の君のために改修して住まわせることにした。

明石の君は大堰に行くことはあっさりと承諾したが、住み慣れた美しい明石を離れることと父入道と別れるのがつらく、さめざめと泣いた。しかし娘の将来を考えればやはり辺鄙なところで暮らしていくわけにもいかない、と意を強くするのであった。

結局、明石の君の母である尼君が、ともに大堰で暮らすことに決まった。明石には入道ひとりが残ることになり、どこかもの悲しい明石の君の門出だった。


明石の君が大堰の別邸に入ったことを知った光君は、明石の君とその娘に会いに行きたくてたまらなかったが、なかなかそれを紫の上には言い出せずに苦労していた。

それで、いつか自分が出家する日のためにとかねてから造らせていた嵯峨《さが》の御堂《みどう》(6)を見に行くことを口実に、ようやく大堰に向かったのだった。

三年ぶりに再会した明石の君の美しさはそのままだったが、何より光君の心を打ったのは娘の可愛らしさである。

あやしているうちにとろけそうな心持ちさえして、どうしてもっと早くこの子に会わなかったのだろう、と後悔をするほどだった。

やがて明石の君が、別れのときに光君が置いてきたあの琴《きん》を取り出してきた(7)。それをかき鳴らしたり積もり積もった話をしたりで、いくらそばにいても時間が足りないと光君は思い、結局、大堰の別邸には二泊した。

そして是非とも近いうちに彼女を二条の東院に呼び寄せたい、と今さらながらに思うのだった。

邸に戻ってみると、すべてを察している紫の上はおかんむりであった。

光君は、自分が須磨に流されたときも、一途に自分のことを信じてただひとりこの邸を守ってくれていた紫の上に頭が上がるはずもない。

とはいえ明石の君とその娘をそのまま放っておくわけにもいかない。

ゆくゆくはこの娘に東宮との縁をつないでほしいと思っていたので、光君はついに紫の上に相談することにした。

子どものいない紫の上に明石の君の娘を託し、育ててもらえば、どこに出しても恥ずかしくない娘として世間にお披露目できるのではないか、と考えていたからだ。

光君の提案を紫の上は大喜びで受け入れた。

紫の上は子ども好きだったのに、なかなか子宝には恵まれなかったので、自分は子どもを育てる楽しみを知らずに一生を終えるのではないかと日ごろから考えて、悲しんでいたらしかった。

しかしこの案を明石の君に切り出すのはためらわれた。

母でありながら、愛しいわが子をその手で育てることがかなわなくなるなんて、といたましく思ったのだ。

しかし娘のためには致し方ない、と光君は決意した。

注

（1）**二条の東院**　自邸である二条院の東側に建てた。桐壺院から伝領。寝殿は自分が来たときのために空けておく。

（2）**対**　「対の屋」ともいう。15ページの絵を参照。

（3）**局**　宮殿や寝殿などの中の、女房などのための区切られた部屋。曹司《ぞうし》ともいう。

（4）末摘花の親に恨みを持ち、貧窮した末摘花を召使にして憂さを晴らすため九州に連れていこうと図った叔母がいた。また末摘花を見限って去った女房もいた。そうした人々は末摘花の幸せを見て驚き、あるいは悔いた。

（5）**大堰川**　桂川のうち嵐山の渡月橋より上流をいう。別荘は現在の嵐山公園あたりと考えられる。

（6）**嵯峨の御堂**　京都市右京区嵯峨の釈迦堂（清凉寺）ではないかと言われる。

（7）思い出の琴についての2人の歌。光君「契りしに変わらぬことの調べにて　絶えぬ心のほどは知りきや」。明石の君「変わらじと契りしことを頼みにて　松の響きに音《ね》を添えしかな」。

十九……薄雲《うすぐも》

「薄雲」　光君が藤壺を哀悼する歌「入日さす峰にたなびく薄雲は　もの思う袖に色やまがえる」（注1）から。藤壺享年37。光君31～32歳。

どうしても上京しないなら子どもを手放すように、と光君から言われた明石の君は、はじめはもちろん泣いて断った。

いつもそばにはいられるわけではなかった光君と自分とを繋ぐたったひとつの絆がこの娘だったのに、なんとひどいことを言うお方だろう、と光君のことを憎くも思うのだった。

しかし母の尼君にも説得されるうち、そうしたほうが娘の将来のためにもいいのではないか、とだんだん思えるようになってきた。

その理由は、辺鄙な明石の受領の娘である自分の子として育つより、紫の上の子として育つほうがどれだけ娘の将来にとってよいことだろう、とわかったからである。

明石の君は涙ながらに娘を手放すことにした。

そしてただただ紫の上が子どもに親切な優しい人であるように、と祈るのだった。

雪が解け始めるころになった。

生来の子ども好きである紫の上だったが、明石の君の娘を心から慈しむことができるかどうかは自分でも自信がなかった。いくら子どもに罪はないとはいえ、自分は明石の君にずっと嫉妬してきたのだから、その子どもを手放しで愛しいと思えるものか不安だったのである。

しかしその不安も部屋に連れてこられた小さな女の子を見た瞬間に吹き飛んだ。

しばらくのあいだは、

「お母さまは？　お母さまはどこ？」

と泣いていた娘だったが、遊んでいるうちすぐに紫の上になつき、その夜は一緒に眠った。

美しいのはもちろんだが気性も素直で聞き分けがよく、頭の良い子だった。

毎日一緒に過ごしているうちに、紫の上はその子が本当の娘のように可愛くてたまらなくなった(2)。

そしてそんな気持ちになった上で考えてみると、明石の君のつらさが手に取るようにわかるのである。

こんなに愛らしいわが子をその将来のためだとはいえ手放すなんて、よくよくの決意だっただろう。

この宝物のような娘を自分を信頼して預けてくれた明石の君の気持ちに報いるためにも、自分はよい母親にならなくてはならない、と誓った。

そしていつのまにか紫の上の中にくすぶっていた光君と明石の君との仲を嫉妬する気持ちも薄

らぐようになっていた。

年が明け、故・葵の上の父であった太政大臣（前の左大臣）が亡くなった。

不吉な予兆はそれだけではなく、連日のように流れ星が飛び、大きな地震や異常な雲の動きがあって不安な新年となったので、藤壺中宮が病気になったと聞いたとき、光君は居ても立ってもいられなくなった。

とはいえもう出家なさったお方にして差し上げられることは祈禱くらいしか残ってはいなかった。

光君はおそば近くで、一途に祈り続けた。

この方はこんなに病でおやつれになってもなんと美しいのだろう。

自分が、かなわぬ恋に憧れ数々の女性と浮名を流すようになったのも、結局はこの方の存在が大きかったからなのではないか。

ただひたすら自分はこの方を追いかけ、求め、そして得られないことでもがき苦しむ人生を送って来たのだ。

藤壺中宮は祈禱の甲斐もなく、ただひと言、光君に言葉を残して他界した。

自分たちの息子である冷泉帝の後見を立派に務めてくれていることへのお礼だった。

誰も知らないこととはいえ、藤壺とのあいだのたったひとつの愛情の結晶が今、帝となっている、ということは光君の心の支えではあったが、かえってこのことが藤壺の中宮の心をいつもいつも悩ませていたのではないか、と思うと光君は自分の罪の深さに今さらながら震えが来る思いがした。

厄年（3）だったとはいえ、まだ三十七で消えていった藤壺のはかない命を思いながら、光君は庭の咲き誇る桜を眺めていた。

冷泉帝はさまざまな凶事が続く都のことを憂え、あるとき、ついに高名な夜居《よい》の僧都《そうず》（4）に相談を持ちかけた。

老いた僧都は「そのこと」を言うか言うまいか迷っているようだったが、ついに意を決したように面を上げて帝に告白をした。

「実はあなたさまは桐壺院と藤壺中宮さまとのお子さまではありません。本当は光君さまと藤壺中宮さまのお子さまなのです」

この僧都は藤壺が懐妊したときに、彼女から直接依頼を受けて祈禱を捧げた僧都なので、誰も知らない秘密を知っていたのだ。

冷泉帝は信じられない思いでその告白を聞いた。

あの、兄だと思っていた光君さまが、実は兄ではなく、自分の父だったなんて。

父親のほうが息子より低い身分にいるからこんなに長く天変地異が続くのだ、と思われた冷泉帝は光君に、位を譲りたい(5)、と仰せになった。

光君はとんでもないと断ったが、どうして冷泉帝が突然、そんなことを言い出したのかがわからずに不思議な気がした。

そして考えているうちに、もしかして、と思い当たった。

あの秘密を冷泉帝は知ってしまったのではないか(6)、と。


絵がとりもった冷泉帝と梅壺女御の仲は、いつのまにかとても睦まじいものになっていた。

ある秋の日、梅壺が二条院に里帰りした。

梅壺は見れば見るほど六条御息所とそっくりである。

光君はそんな梅壺と、御息所の思い出話をするのが楽しみになっていた。

あの六条御息所との恋をどこかで恐れた自分はなんと子どもだったのか、と今では懐かしく思われた。

あれほど深い情を見せてくれた女性が他にあっただろうか。

梅壺のほうは顔や姿は母親にそっくりだけれど、日がな一日、紅葉を眺めて過ごしたりしているひときわ穏やかな女性である。

「あなたは春と秋のどちらが好きですか?」

と光君が問えば、

「どちらかと言えば秋の夕暮れが好きです。母が亡くなった季節なので(7)……」

と答える。

そんな梅壺の姿を見ているうちに光君は、三年前、六条御息所の病床の奥の、この人の美しさにとらわれたことを思い出した。そして再びある思いがふくれあがってくるのを認めざるをえなかった。

以前の六条御息所に対する気持ちと梅壺の新たな魅力とがないまぜになって光君を駆り立てるのである。

しかしなんといっても光君は梅壺の親代わりであるし、何より六条御息所が亡くなる前に、

「お願いですから、娘を私のような目にはあわせないでください」

と言われた手前もあって、なかなか行動に出ることはできない。

思えば自分が無茶なことをしたから藤壺中宮も最期まであんなに悩んでおられたのだ。そう光君は考え直し、冷泉帝と梅壺女御の幸福を祈ることで彼女への愛情を示すことにしたのだった。

注

(1)歌意は「夕日のさすあの峰にたなびく薄雲は、藤壺の宮を失って悲嘆にくれる私の喪服の袖(灰色)に似せて、あんな色をしているのだろうか」。

(2)紫の上は、乳の出ない乳房を明石の姫君にふくませたりもした。

（3）**厄年**　数えで13、25、37、49、61歳など、生まれ年の十二支が巡ってきた年。37歳は女の大厄。

（4）**夜居の僧都**　加持祈禱のため、夜も寝所の近くに詰めている僧都。僧都は僧正に次ぐ位。

（5）冷泉帝は半年後の秋の人事でも譲位を打診し、それがかなわぬならせめてと太政大臣への就任を提案するが、光君はこれも固辞する。

（6）光君は、他に秘密を知る者といえば手引きしてくれた藤壺に仕えていた女房しかいないと疑い、呼び出して尋ねたりしている。

（7）梅壺が秋が好きと言うのに対し、紫の上は「春の曙が好き」らしい。光君が二条東院に飽き足らず、四季を模した大邸宅「六条院」を構想するヒントになった可能性がある。

二十……朝顔《あさがお》

「**朝顔**」　光君がこの巻の主人公の女性に贈った歌「見し折りのつゆ忘られぬ朝顔の　花の盛りは過ぎやしぬらん」（注1）などから。朝顔は観賞用の花で夕顔に比して高貴な印象。光君32歳。

故・桐壺院の弟である式部卿《しきぶきょうの》（2）宮《みや》が亡くなったので、その娘である朝顔の姫君は斎院《さいいん》（3）を退くこととなった。

朝顔の姫君は光君がまだ若いころ、何度か手紙をやりとりしたことのある魅力的な女性である。それから八年、彼女が実家である桃園宮《ももぞののみや》邸に戻ったと聞いたので、光君はしょうこりもなく叔母の見舞いにかこつけて訪れた。

しかし朝顔はまったく取り合おうとしない。会ってくれても女房を介してで、距離を置こうとする。

これは朝顔が光君のことを嫌いだったからではない。

むしろ反対で、まだ子どものころから朝顔は光り輝く君に憧れていた。

しかし光君の派手な女性関係の噂をいろいろ聞くにつけ、自分はそんなことで苦労はしたくない、渦中の女になりたくはない、と思っていたのである。

嫉妬をしたり、来ない人を待ち続けて日々を過ごすということに自分はとても耐えられないと思い、この恋にすっぱり見切りをつけたのである(4)。

光君は自分になびかない朝顔が昔から不思議でたまらなかっただけでなく、いったい彼女がどういうことを考えているのかを知りたくて、毎日毎日、朝顔に手紙を遣わした。

光君があまりにしつこく手紙を送り続けたので、都中の噂になるほどだった。

よく考えてみると、式部卿宮の娘である朝顔と桐壺院の息子である光君との縁は悪いものではなかったので、口さがない都の人々は「もしかしてこれは縁組みもあるのではないか」という噂をし始めた。

そしてその噂がついに紫の上の耳にまで入るようになり、彼女はまた嫉妬に苦しめられるのだった。

明石の君とのときには、彼女があまり高い身分でもなかったので、嫉妬はしたが、それほどのものではなかった。しかし今度は相手が違う。朝顔の姫君となると本当にふさわしい縁組みとなってしまう。

それに何より光君が自分に隠しごとをしているということがつらくて、紫の上は夜も眠れないほど苦しんだ。

自分だけに子育てを押し付けておいて外出がちの光君のことを憎く思いながら、日々を過ごしていたのである。

雪がたくさん降ったある夜、光君は庭で雪山を造りながらはしゃいでいる少女たちをほほ笑ましい気持ちで眺めているうち、いつのまにか今までに関係を持った女性たちのことを思い出していた。そして横に座っている紫の上に、藤壺のことや朝顔のこと、朧月夜や花散里、明石の君のことなどを語ったのだった。

紫の上はそれを嫉妬の気持ちでは聞かず、こういうことを話してくれるなんて、やはり光君が信頼しているのは自分だけなのだと思い、嬉しくもあった。

その夜、藤壺のことを思い出しながら眠ったためであろうか、光君は藤壺の夢を見た。

中宮は少し怒った顔で、

「どうして私のことなど軽々しくお話しになるのですか」

などと責める。

目覚めた光君は動悸がおさまらず、その夢が気になって仕方がなかったので、あちらこちらの寺に、藤壺のためということは伏せて読経を依頼したのであった。

藤壺の尼宮は亡くなってからのちも、自分のためにつらい思いをなさっておられるのだろうか、と思うと光君はたまらなくなって自らもお経をあげた。もう二度と話すことも触れることもできない藤壺に、また夢でもいいからお会いしたいと思いながら。

注

（1）光君は20代のころ、この姫君に朝顔の歌を贈ったことがある。斎院をやめて近づきやすくなった今、再び口説こうと詠んだ。巻名になった歌の意味は「昔お目にかかった折りの美しさが露《つゆ》ほども忘れられません。でも朝顔は盛りが短いので、（あなたの）盛りも過ぎてしまったでしょうか」。

（2）**式部卿**　式部省の長官である親王。今日の中央省庁にあたるものが8省あった。そのうちの一つが式部省で、儀式作法の順序、文官の考課などを司る役所。ちなみに紫式部の父も式部省の役人。

（3）**斎院**　68ページの注4を参照。

（4）朝顔の君は源氏物語の中でただ一人、光君の求愛に一度も応じなかった女性。

二十一……少女《おとめ》

「少女」巻名は五節舞姫たちを指す。巻中の歌などから。夕霧12〜14歳。雲居雁14〜16歳。光君33〜35歳。

藤壺中宮の一周忌も過ぎて、みなは喪服を脱ぎ、華やいだ雰囲気が漂う新年だった。光君は朝顔の姫君のことを忘れられずにいたが、やはり彼女は光君のことを頑なに拒否し続けていた。

そのころ、光君たちの子どもの世代にもいろいろなことが起こっていた。亡くなった葵の上と光君との息子である夕霧が十二歳で元服したのを機に、光君は大学寮(1)で勉強させることにした。しかも夕霧ほどの生まれならば四位《しい》(2)にもできるのに、光君はあえて夕霧を六位《ろくい》にとどめて発奮させ、勉学に専念させることにしたのだ。

この処置には周囲から文句も出たが、光君はあえて大切な息子の夕霧に苦労させたい、と思ってそうしたのであった。

夕霧本人もこのことには不満があるらしかったが、父親の言い付けに背けるわけもなかった。

そのころ宮中では冷泉帝の中宮選びが本格化していたが、結局、梅壺女御が先に入内していた弘徽殿女御を抑えて中宮に決まった。

養女が中宮になったことで光君は得意の絶頂にあったが、弘徽殿女御の父で光君の義兄でもある右大将（昔の頭の中将）はあまり機嫌が良くない。

このとき光君は固辞していた太政大臣《だじょうだいじん》に、右大将は内大臣(3)になったのだが、ふたりの仲はぎくしゃくし始めていた。

ふたりは若いときからどういうわけかうまが合い、光君が須磨で不遇な日々を過ごしているときにさえ、内大臣は危険を冒してまで励ましに来てくれた仲だった。しかし娘の処遇によって、やはり微妙にふたりの関係が変化していたのだ。

おまけに弘徽殿女御の妹、つまりは内大臣の次女の雲居雁《くもいのかり》がいつのまにか夕霧と相思相愛の仲になっていたので、ことはいっそうややこしくなった。

内大臣はこの雲居雁を東宮のもとに入内させようと企んでいた(4)ので、烈火の如く怒って、雲居雁を自邸に幽閉してしまったのである。

夕霧と雲居雁とは幼なじみで、祖母の大宮《おおみや》(5)の邸宅でいつも一緒に遊んでいた。初めのうちは子どもらしい感情だったが、いつのまにかはっきりと恋愛を意識するようになり、大人たちの思惑とは別に、いつか一緒になろうという約束までしていたのである。

雲居雁と会えなくなってしまった夕霧は食事も喉を通らず、次第にやつれていき、勉強どころではなくなっていた。

そのうち夕霧は雲居雁に少し似ている可愛い女性を見つけた。それは光君の乳母子《めのとご》であった惟《これ》光《みつ》の娘だった。

夕霧はこの娘が五節舞姫《ごせちのまいひめ》(6)に選ばれたときに見染めたのだった。雲居雁へ注ぐことができなくなった情熱を、夕霧はこの娘にぶつけようとした。

娘のほうも熱心な求愛にいつのまにか夕霧のことを憎からず思うようになったし、彼女の父親の惟光も、光君の息子である夕霧が娘の恋の相手ならば文句がないので好意的に見守っていた。

そんな夕霧の世話を光君は花散里に頼むことにした。包み込むような温かさをもった彼女なら、何かと過敏になっている夕霧のことを任せられると思ったからである。

その考えは功を奏して夕霧も再び熱心に勉学に励むようになり、秋には五位《ごい》に昇進した。

しかし相変わらず雲居雁との接触は禁じられ、人の目を盗んでときどき手紙を届けるだけで我慢していた。

あまりにふたりがかわいそうだと考えたふたりの祖母の大宮が、ついにふたりを会わせることにした。

会ったらあんなこともこんなことも雲居雁に話そうと思っていた夕霧だったが、いざ本人を目の前にすると胸が高鳴るばかりで何も言葉にできない。

「あなたをあきらめよう、あきらめようと思うと、なおいっそうあなたに会いたくなるのです」

と言うのがやっとだった夕霧に、

「私も同じ気持ちです」

と雲居雁は言った。

どんな障害があってもいつかふたりは一緒になろう、と手に手を取って誓いあったのだった。


そのころ、光君の新しい私邸である六条院(7)が一年がかりでついに完成した。

広大な邸を四つに分け、それぞれに季節の花々や草木がほどこされた庭には、この世のものとは思えない美しい風情があった。

春の御殿には光君と紫の上が、夏の御殿には花散里が、秋の御殿(8)には、秋が好きだというので秋好中宮《あきこのむちゅうぐう》と呼ばれはじめた梅壺女御が、冬の御殿には、ようやく説得に応じた明石の君が、大堰から移り住むことになった。

それはそれは立派な邸で光君にとっても満足のいく配置にしたはずだったが、どこか物足りないものがあるような気がしないでもない。

何が足りないのかは心の奥のあまりに深いところにあるので、光君自身にもよくわからなかったのであるが。

注

（1）**大学寮**　大学ともいう。学者、官吏になる道の一つで菅原道真なども学んでいる。夕霧は親が大臣なのだから大学に行かなくても高級官吏になれたし、家庭教師もつけられたが……。光君は大学寮に行っていない。

（2）官位。一位から八位その他まであり、大臣（内大臣）だった光君は二位に相当。殿上人《てんじょうびと》（帝の起居する清涼殿に上がることのできる人）は原則五位以上だから、光君の厳しい教育方針がうかがえる。

（3）**内大臣**　96ページの注1を参照。

（4）娘・弘徽殿女御を中宮にする戦いに敗れたため、第2ラウンドでの雪辱を期していた。

（5）**大宮**　皇太后（前の天皇の皇后）などへの敬称。ここでは、内大臣や故・葵の上の母への敬称。

（6）**五節舞姫**　11月には稲の収穫を祝う神事である新嘗祭《にいなめのまつり》（天皇が即位した年は大嘗祭）が行われる。その前後4日間にわたる儀式が五節で、この儀式で舞う4〜5人の女性が五節舞姫。新嘗祭は現代の勤労感謝の日として残っている。

（7）**六条院**　東京の武道館の3倍の広さをもつという想像上の邸。源氏物語のスポンサーで、栄華を誇った藤原道長の邸の2倍である。ハーレムと言って差し支えなかろうが、当時、公然と後宮を持てたのは天皇だけである。六条院は二条東院の構想を発展させた。12ページの地図と16ページの絵を参照。

（8）**秋の御殿**　六条院は六条御息所の邸をその一部として建てられた。御息所の邸跡は秋の御殿とされ、秋を好むという、この土地を伝領した秋を好むという娘・秋好中宮が宮中から里帰りした折りに使うことになっている。

二十二……玉鬘《たまかずら》

「玉鬘」 多数の玉に糸を通して輪にし、頭につける装身具。巻中の光君の歌（注1）から。光君35歳。玉鬘21歳。

光君はたしかに浮気な性分ではあったが、逢瀬を重ねた女性たちのことをなかなか忘れられない性分でもあった。

女性たちはみなそれぞれに違うところがあり、似ているところもあったが、どの人のことも忘れられずにいた。

とくにもう会えない人の面影はどうしても忘れられず、藤壺の宮のことはもちろん、あの突然で奇怪な死を遂げた夕顔のこともいつも光君の心の中にあった。

その夕顔とかつての頭の中将との忘れ形見、玉鬘《たまかずら》は乳母の家族に連れられて、四歳のころから九州で暮らしていた。

乳母たちは忽然《こつぜん》と消えてしまった夕顔と女房の右近を探したが、杳《よう》として行方が知れず、鬼にさらわれたか神隠しにあったと思うしかなかった。仕方なく乳母の夫が太宰府《だざいふ》(2)の次官に任ぜられたのを機に筑紫《つくし》に下ったのである。

この夫はやがて亡くなってしまうが、かねがね家族に「玉鬘さまをこの地で終わらせてはならない。必ずや都にお連れして、頭の中将さまをお頼りし、良い縁組みをさせるように」と言い残していた。

しかし玉鬘が成人すると、その美貌に求婚者が引きも切らず、ついに強引な男に無理やり結婚を迫られたため、一家は危険を冒して九州を舟で抜け出し、追手や瀬戸内海の海賊に怯えながら都へと逃げ帰ったのである。

一行は玉鬘の幸せを祈願し、開運するようにと石清水《いわしみず》八幡宮(3)と初瀬《はつせ》(4)へと参詣することにした。

その初瀬の門前の椿市《つばいち》というところの宿で玉鬘たちが休憩している最中、かつて夕顔の女房で、あの事件ののち、そのまま光君に仕えている右近が偶然に来合わせたのである。

右近はかねてより光君から玉鬘の行方を探し求めよ、と命じられていたので、思わぬ偶然の出会いに息を呑んだ。

右近はあまりに夕顔にそっくりで美しい玉鬘のことを、その感激もそのままに六条院に戻って光君に報告をした。

光君は一度も忘れたことがなかった夕顔の、その娘を偶然に見つけたことに驚き、喜んで玉鬘を六条院に迎えようとした。

本当ならば、玉鬘の実の父である内大臣（昔の頭の中将）に知らせるのが筋であったが、光君はこれを内密にし、自分の娘ということにして、玉鬘を六条院の夏の御殿に住まわせることにした。

ここで花散里に玉鬘の世話をさせようと考えたのである。

かつて夕霧の面倒も見た花散里は喜んで玉鬘を迎えたが、彼女も田舎育ちとは思えない玉鬘のその美しさに驚いた。

そして実の娘だという光君の説明には内心怪しみ、別の気持ちもあるのではないか、と見抜いていた。見抜いていたがそのことを直接、光君に問いただすほど花散里は愚かではなかった。

花散里が考えたとおり、光君は玉鬘のその美貌に夢中になっていた。

母の夕顔ゆずりの小さな唇に、母親よりも大きくて情熱的な瞳がそこにはあった。

光君は、玉鬘のことは男君たちのあいだできっと大評判になるだろう、とほくそ笑んだ。しかし玉鬘を引き取るに当たっては、紫の上に夕顔とのいきさつから語らねばならなかったので苦労した。

「生きていたらきっと明石の君と同じように扱わなければならないだろうね」

と言う光君に紫の上は、

「そんなことはないわ。明石の君と同格に扱うなんてこと、あなたはなさらないはずでしょう」

と明石の君に嫉妬してみせた。

紫の上にとっては今は亡き夕顔よりも、近しいところにいる明石の君のほうが何かねたましく思えるのだった。

そのやりとりをわけもわからず、にこにこと聞いている明石の姫君を見ているうちに、光君が明石の君を大切にするのは仕方ないことだ、と思えてきた。


紫の上に話をしてほっとした光君は玉鬘のもとへ行き、

「遠慮せずにあなたの望むことをなんなりと言ってください」

と言ったが、まだ若い玉鬘はその言葉の意味を深くとることもなく、この方は、筑紫の粗野な求婚者たちとは違い、さすがに光るように麗しく、本当に親切な良い方だ、とのんきなことを思っていた。

注

（1）「恋わたる身はそれなれど玉鬘　いかなる筋を尋ね来つらん」（夕顔を思い続けている私は昔のままだが、玉鬘のようなあなたは、どんな複雑な筋道を通ってここまで尋ね来たのか。「かずら」はからまり合うツルやツタも意味する。玉は美称）。この巻から31帖の「真木柱」の巻までの、いわゆる「玉鬘十帖」の主人公の名はこの歌に由来する。

（2）**太宰府**　現在の福岡県太宰府市。太宰府は九州全体を統治し外敵に備えるための重要拠点。

（3）**石清水八幡宮**　京都府八幡市。伊勢神宮に次ぐ皇室第2の宗廟。源氏の氏神。源義家が八幡太郎と称するのは同社で元服したから。

(4) **初瀬** 奈良県桜井市。ここの長谷寺は、観音様の霊験で美人になりたいという願いがかなった人の伝説もあって、とくに女性の篤い信仰を集めた。玉鬘らは都から石清水八幡宮を経て初瀬の門前の椿市《つばいち》まで、徒歩で4日間費やしている。

二十三……初音《はつね》

「初音」 ウグイスなどのその年の初めての鳴き声。明石の君が娘君に贈った正月の歌から。光君36歳。


光君は六条院で初めての正月を迎えた。

月日の業《わざ》によって光君と紫の上は夫婦としての円熟味を増し、紫の上はこの六条院の主としていろいろと気を遣い、ますます賢夫人としての地位を確立していた。

光君は元日(1)を午後まで紫の上とふたりで過ごしたあと、明石の姫君のところへ行った。

姫君のもとには、母親《おやこ》である明石の君からの年賀の贈り物(2)が届いていた。

このふたりは実の母娘でありながら、また同じ敷地の邸に住みながら、会うことのできない身の上だったので、光君は不憫に思い、姫君に、

「お母さまにお返事を書きなさい」

と諭すのだった。

しかし姫君にとっては実の母親の面影は薄くなる一方で、すでに紫の上のことを実の母親のように思っていた。

姫君のためを思ってしたことだが、明石の君の胸の内を思うと、光君はやり切れない思いがし

た。

そのあと光君は夏の御殿へと年賀に向かった。

花散里と玉鬘は仲良く暮らしており、とくに光君からの贈り物である山吹襲《やまぶきがさね》（3）の着物を身にまとった玉鬘はなんとも言えないほどの美しさで、光君の心に強い印象を残した。

その日の夕方、光君は明石の君のところに向かった。

廊下を渡り、明石の君のもとへ近づくとなんとも言えない香りがして、光君はあらためて明石の君の品の良さに感じ入った。

明石の君は娘からの返事に涙していた。

光君は明石の君を見ているとある感情が湧いてきた。我が子と離れて暮らす母のもの寂しさや憂いになまめかしささえ感じられる。

その上品さといい、頭の良さといい、光君にとっては明石の君は特別な女性であったのだ。

誰に似ているからとか、誰かの面影を彷彿させるからとか、そういう理由ではない。彼女独自の魅力があったのだ。

光君は正月早々であったが、明石の君の邸に泊まることにした。

紫の上はきっとこころよくは思わぬだろう、と思いながら。

翌日は六条院に年賀の来客がたくさんあった。

その客らはどうも玉鬘目当ての男たちで、やはり玉鬘の美貌の噂は都中を駆け巡っているのだ、と光君は悦に入った。

光君は宴会はそこそこに、二条の東院にも年賀に向かった。

そこには末摘花を住まわせていたのである。

末摘花の容貌のたったひとつの取り柄であった美しかった黒髪も、その年齢とともに白髪も増え、薄くなっていた。光君はそんな末摘花にも優しい言葉をかけた。

東院にはもうひとりの住人がいた。空蟬《うつせみ》である。光君は出家した空蟬を呼び寄せ、安寧《あんねい》の地を与えたのだ。

空蟬の部屋は仏具であふれていた。もうすっかり俗世を離れた生活をしている空蟬に、光君はなんと言葉をかけてよいのかわからなかったので、正月の挨拶だけを申し述べた。

遠い過去だけがふたりを支配していた。

注

（1）**元日**　もちろん旧正月。

（2）贈り物に添えた歌が、巻名にもなった「年月《としつき》をまつにひかれて経《ふ》る人に　今日鶯の初音聞かせよ」。ウグイスの初音に掛けて、4年も会えない娘に便りを求めている。

（3）**山吹襲**　襲《かさね》の色目の名。表は朽葉《くちば》（茶色、またはやや灰色を帯びた茶色）、裏は黄。

二十四……胡蝶《こちょう》

「胡蝶」 蝶のこと。春と秋の好みについて謡う紫の上と秋好中宮の贈答歌から。光君36歳。


春になった。

春の御殿にはさまざまな花が咲いたので、光君はその池で船楽《ふながく》を催した。竜頭鷁首《りょうとうげきしゅ》(1)の舟で、音楽を奏でるのである。

大盛況の催しだったが、参加している男の興味はほとんど玉鬘の姿に集中しているといってもよかった。

中でも内大臣（元の頭の中将）の息子の柏木《かしわぎ》は、実の姉とも知らず玉鬘に夢中であった。

また光君の弟である螢兵部卿《ほたるひょうぶきょうの》(2)宮《みや》も玉鬘にご執心である。

それに気づいた光君は玉鬘に、

「弟は浮気者だからあなたは苦労しますよ」

と言って笑ったが、その実、彼女を手放す気などなかった。

また鬚黒大将《ひげくろのたいしょう》も玉鬘に求愛をしていた。鬚黒は、光君、内大臣に次ぐ実力者だが、光君はやはり鬚黒のことも良いようには言わなかった。

そのやり取りを聞きながら、紫の上は、「本当は光君こそが玉鬘を手に入れたがっているのだ」と口にこそ出さなかったが、気がついていた。

紫の上の予感が現実となる時がやって来た。

光君はその宵、玉鬘のもとを訪れたのだが、玉鬘は見れば見るほど夕顔に似ていたし、見れば見るほど美しかったので、もはや胸の内を明かさずにいることはできなくなってしまったのだ。

そして少し世間話をしたあと、光君はやおら玉鬘を抱き締めた。

玉鬘はびっくりして体を硬くした。

彼女にとっての光君は父親も同然で、尊敬していたし、憧れてもいたのである。その人が突然、そのような行動に出たのが信じられなかった。

しかし玉鬘はあえて光君をなじるようなことをしなかった。玉鬘の気持ちを察したのか、光君は、玉鬘に添い寝するだけにとどめた。

玉鬘はそのあいだ中、落ち着かない気持ちだったが、どこかへも行くわけにもいかなかったので、ただただ黙ってじっとしていた。

この方をこのまま信用してもいいものか、と悩みながら。

注

（1）**竜頭鷁首** 庭の池に浮かべて音楽を楽しむための2隻で1対の唐風の船。それぞれ船首に竜の頭の彫刻と、鷁という伝説上の鳥の首の彫刻がついている。16ページの絵を参照。

（2）**螢兵部卿** 螢というニックネームの兵部卿。兵部省は今日の中央省庁にあたる8省の一つ。長官である兵部卿には親王が任ぜられる。兵部省では兵士や軍事のすべてを司った。紫の上の父も兵部卿だった。

二十五……蛍《ほたる》

「蛍」 玉鬘と蛍兵部卿宮が御簾を隔てて会っていた部屋に、光君が蛍を放ち、玉鬘の容姿をいっそう際立たせるかのように蛍兵部卿宮に見せたことから。光君36歳。

玉鬘への思いが募る一方の光君は、何かと理由をつけては彼女のいる夏の御殿に入り浸った。玉鬘は父親がわりである光君にそう冷たくもできず、困り果てていた。

光君の弟である蛍兵部卿宮は、とりわけ玉鬘にご執心だったが、玉鬘はまったく興味を示さなかった。

光君が返事を書くようにと言っても玉鬘はうんとは言わないので、光君は女房に命じて返事を書かせた。

やっと玉鬘が色よい返事をくれたと思った蛍兵部卿宮は喜び勇んで、ある夜、玉鬘のもとを訪れたが、玉鬘は相変わらず几帳(1)の奥に隠れて宮には取り合わないのだった。

その場に隠れていた光君は、いたずら心で几帳の端を持ち上げ、持っていた蛍を放った。一瞬、あたりが青い光に包まれ、えもいわれぬ風情である。四方八方に飛び散った蛍にかすかに照らされた玉鬘はなおいっそう美しく、宮は息を呑み、ますます玉鬘のことが好きになってしまったほどだった(2)。

内大臣は子だくさんであったのに、娘たちは自分の政略には役に立ってくれないのが残念でならなかった。

長女である弘徽殿女御は光君の養女の梅壺女御（今の秋好中宮）に敗れて中宮にはなれなかったし、ならば、と東宮の妃に考えた次女の雲居雁《くもいのかり》は光君の息子の夕霧と恋愛をしてしまったからである。

娘と言えばあとひとり、昔、常夏《とこなつ》(3)といった女が産んだ女の子はいったいどうなったのだろうと、ときどき思い出してはみるけれど行方がわからない。

夢占い師に占ってもらったら、占い師は、

「誰か他の人の養女になっておられるのではないでしょうか」

などと奇妙なことを言う。

内大臣は、常夏が夕顔として光君と契りを交わし、変死したことなど知る由もない。ましてや、その女と自分との娘が光君のところで暮らしているなどとは思ってもみないのであった。

注

(1) **几帳** 室内の隔てにも使われる、布のついたてともいうべき家具。御簾とともに恋愛シーンの重要な小道具の一つ。女君たちは、親しい相手でもほとんど几帳ごしにしか対面しなかった。男たちは布と布の隙間から女君の様子をうかがったりもした。この隙間は、女君が室外を見たり、逆に男が外から垣間見をしたりするときにも使われる。15ページの絵を参照。

（2）この兵部卿宮を「螢兵部卿宮」と通称するのはこのエピソードによる。

（3）**常夏**　26ページを参照。夕顔と同一人物。

二十六……常夏《とこなつ》

「常夏」　ナデシコの古名。ナデシコ（撫子）は愛児を意味する。すなわち両者で夕顔と玉鬘母娘を暗示する。41ページを参照。光君36歳。

暑い夏の宵、光君はいつものように玉鬘のもとを訪ねた。

光君は和琴《わごん》(1)を玉鬘に教えたり、あれやこれやと世間話をしているうち、内大臣の悪口を思わず玉鬘に言ってしまった。

内大臣は亡くなった妻である葵の上の兄で、光君とは水魚の交わりの仲だったが、こと話が自分の子どもたちのこととなると別である。

光君は息子の夕霧が内大臣の娘である雲居雁と恋愛関係にあるのを、めでたいことだとは思わなかったが、さりとてそれほど悪いことだとも思っていなかった。

しかし内大臣としては、雲居雁を東宮の妃にしたいという野心があったので、そういう恋愛を許すわけにはいかず、夕霧との仲を無理やりに引き裂いてしまった。

引き裂かれた恋の苦しさを誰よりもわかっている光君にはそれが許せなかったのである。

そして、向こうが下手《したて》に出て是非にとでも言って来るのだったら認めてやってもよいが、内大臣がいつまでもこの調子だったら、夕霧には悪いがこの結婚は無理だろうな、とも考えていた。

こうした事情を聞いた玉鬘は、光君のおっしゃることはもっともだけれど、実の父である内大臣と仲違《なかたが》いされては困る、とも思うのである。

「内大臣は和琴の名手とおうかがいしました。いつかその演奏を私にもお聞かせいただく日が来ますでしょうか」

玉鬘はそう言い、実の父との再会を望んでいることをそれとなく伝えるのであったが、光君はつれなく、

「名人というのはなかなか気安く演奏してくれるものではないけれど、もしそういう機会があればあなたもお呼びしましょう」

と言うだけだった。

光君にしてみれば、玉鬘の父親がわりというよりも、玉鬘の恋人になりたい気持ちのほうが強かったのである。


そのころ内大臣にも、玉鬘のように探し出して引き取った娘がいた。母親が近江守《おうみのかみ》の娘で、宮仕《みやづか》え(2)に出た際に若かりし内大臣の情けを受けたらしい。それで近江の君と呼ばれたが、愛くるしい顔立ちに加え、姫君の身でありながら、水汲《く》みでもご不浄の仕事でも何でもするつもりだ、といういじらしさもある。

しかしいかんせん品がなく、早口で、ものを知らないので、いつも女房たちから馬鹿にされて

いた。

玉鬘も近江の君も同じ父を持つ娘であるのに、このふたりの姫君の境遇はずいぶんと違ってしまったのである(3)。

注

(1) **和琴**　弦楽器の一つ。6絃。54ページの注2を参照。

(2) **宮仕え**　宮中に女官(官女)として勤めること。

(3) 内大臣は、こと娘に関してはまったくついていない。玉鬘と近江の君の対比は、光君と内大臣の対比そのものである。

二十七……篝火《かがりび》

「篝火」 光君から玉鬘への恋歌「篝火にたちそう恋の煙《けぶり》こそ 世には絶えせぬ炎なりけれ」（篝火とともに上がる煙こそ燃え続ける私の恋の炎）などによる。光君36歳。

秋風が吹くようになってから、玉鬘もだんだん光君に打ち解けるようになってきた。

ある日、光君と玉鬘は並んで和琴を演奏した。玉鬘も練習の甲斐あってかなりうまくなっていたので、合奏の音色は涼しい風に乗ってあたりに響き渡った。

時間が経つうち、ふたりはひとつの琴を枕にして、くっついて横になった。

こうやって寄り添って横になるだけの仲などあるだろうか、と思うと光君はやるせない気持ちになった。

ふと見ると庭先の篝火《かがりび》が消えかかっていたので、光君は明るくするように従者に命じた。

明るく燃える篝火によって、玉鬘の輝くような肌がいっそう美しく照らされる。

光君は初めてその顔を見るような気持ちで玉鬘を見た。

そして思わずこらえていた胸の内を和歌に託して玉鬘に伝えたのだった。

しかし玉鬘はやはり光君のことを父親がわりにしか思えず、困ってしまう。いやというのではないけれど、どうしてもそういう気持ちにはなれなかった。

光君はあまり女性に拒否された経験がなかったので、玉鬘の態度にかなり困惑していた。

彼女は自分に心を許し、真横に座って演奏もするし、寄り添って横にもなるのに、どうして最後まで許してはくれないのだろう。

それは自分自身にもどこかで戸惑いとためらいがあるからだろうか。

光君がそう思いながら悩んでいると、東の対ほうから美しい笛の音が聞こえた。

「あれはきっと内大臣の息子の柏木中将(1)たちや息子の夕霧だよ」

と光君は言い、彼らをこちらへ呼び寄せた。

玉鬘は弟の柏木たちに会えるのがとても嬉しかった。

光君は和琴を、夕霧は笛を演奏した。

柏木はうまく歌おうと思うのだが、姉とは知らない玉鬘に強い憧れを感じていたので、声が出なかった。

柏木はときどき御簾の奥の玉鬘を見透かしながら、影さえもなんと美しいのだろう、と禁断の恋とも知らずに姉に思いを募らせていた。

注

（1）**中将**　29ページの注2を参照。

二十八……野分《のわき》

「野分」 台風のこと。夕霧が初めて紫の上を垣間見てしまうきっかけとなる。光君36歳。

秋のある日、突然、台風がやって来て、六条院の秋の御殿に咲き乱れるみごとな花々をなぎ倒していった。

春の御殿にいた紫の上も心配になり、御殿の端に出て来て外を眺めていたところに、光君の息子の夕霧が通りかかった。

夕霧は、たまたま開いていた妻戸《つまど》(1)から、まるで霞たなびく春の明け方に樺桜《かばざくら》(2)が咲き乱れているような風情の、気高くも美しい紫の上の姿を目に留めてしまい、しばらく見とれて動けなかった。

そして父はこんな方と暮らしていたのか、と今さらながら驚いた。

そこに、

「こんな外近くまで出て来て、誰かに姿を見られたらどうするのだ?」

と言いながら光君が戻ってきた。

光君は夕霧の物思いにふける様子に、さては紫の上の姿を見てしまったのだな、と気づいた。

その夜、夕霧は三条にある祖母・大宮の邸の見舞いに遣わされたが、頭の中はあでやかな紫の上の姿でいっぱいで、他のことをまったく考えられなかった。

翌日の朝早く、台風のお見舞いに光君が邸内のあちこちを回るのに夕霧もついていった。秋好中宮《あきこのむちゅうぐう》（前の梅壺女御）、明石の君、玉鬘、花散里、と回り、最後に明石の姫君のところへ行った。

父がどの方にも優しい見舞いの言葉をかけ、誰の気もそらさないので夕霧は驚いた。

そしていろいろな美しい人を見た(3)が、やはり紫の上は格別だった、と思う。とはいえ自分は雲居雁とお似合いなのだ、とも考えるのだった。

夕方、もう一度、大宮のところへ行ったら、そこには内大臣（元の頭の中将で雲居雁の父親）が来ていた。

漏れてくるふたりの会話を聞くともなしに聞いていると、大宮は、かわいい孫娘である雲居雁に会えなくなってしまったので寂しいと嘆いていた。

内大臣が夕霧との仲を裂こうと雲居雁を蟄居《ちっきょ》させていたために、大宮ともなかなか会えなくなっていたのである。

内大臣は、

「わかりました。近いうちに雲居雁をここに来させましょう」

と口では言っていたが、まだ夕霧とのことを許すつもりはないらしい態度だったので、夕霧はまた切ない気持ちになった。

注

（1）**妻戸**　14ページの絵を参照。

（2）**樺桜**　山桜の一種。

（3）夕霧は玉鬘を見るのも初めて。父の、娘に対するとは思えない戯れぶりを垣間見て驚いてしまう。

二十九……行幸《みゆき》

「行幸」 天皇がどこかへ出かけること。「ぎょうこう」とも。光君36〜37歳。


十二月になって冷泉帝の大原野《おおはらの》(1)への行幸が行われることになった。

玉鬘も牛車《ぎっしゃ》に乗ってその見物に出かけて帝を見かけ、その立派な姿に心を奪われてしまった。

帝は光君に似ていたが、もっと美しく若かったので、玉鬘は夢中になってしまったのだ。

また、同じ行列に玉鬘は実父の内大臣の姿も見た。

たしかに男盛りで立派な姿だとは思ったが、会うまでにあまりにいろいろ想像してしまっていたので、なんだか拍子抜けしてしまった感じである。

玉鬘にずっと求婚していた螢兵部卿宮や鬚黒大将もその場にいたが、冷泉帝のすばらしい姿を見たあとではぱっとせず、玉鬘は彼らにはたいして興味を持たなかった。

とくに鬚黒大将のことは、鬚が濃く(2)色が黒いのでどうしても好きにはなれないのだった。

そして玉鬘は誰かと結婚するよりも、光君に勧められたとおりに帝にお仕えしてみようかとも思うのだった。

玉鬘からその意向を知らされた光君は、宮仕えするとなったらその前に、裳着《もぎ》(3)の式をしてやろう、と思った。そして裳着の腰結《こしゆ》い（4）の役を実父の内大臣にお願いしよう、と考え、その旨を伝えた。

突然、そんなことを言われた内大臣は驚き、どうして何の関係もない自分にそんな話を持ってくるのだろう、と怪訝に思い、母の大宮の病気を口実にその役を断ってしまった。

年が明けて二月、光君は大宮を見舞いに行ったとき、玉鬘は実は内大臣の娘であるということを告白した。

大宮は驚き、内大臣にすぐに来るようにと使いを出した。

夕霧と雲居雁のことで仲違いをしていた光君と内大臣だったが、そこは旧友である。顔を見たとたん、昔話に花が咲いた。

若いころ、雨の夜に語りあった女性の品定めの話にもなり、お互いに懐かしさでいっぱいになった。

そこでついに光君は、玉鬘が実は夕顔の娘であるということを明かし、これまでのいきさつを内大臣に話した。

内大臣は思ってもみなかったことに涙を流して感激した。

そして光君へは感謝もしたが、大切な娘に、もしやよこしまな気持ちを抱いていたのではないか、と疑いもした。そんな割り切れない思いとあいまって、涙があふれたのだ。

しかし、

「あの幼児《おさなご》のことはいつも気にかけておりました」

と言って、腰結いの役を引き受けたのであった。

そして二月十六日、玉鬘の裳着の式が行われることになった。

内大臣は感激の面持ちのまま腰結い役を見事に果たすが、柏木中将とその弟は、憧れの玉鬘が自分たちの姉だったと知って少なからず衝撃を受けた。

注

（1）**大原野**　大原野神社がある。奈良・春日大社から遷した藤原家の氏神。京都市西京区。この行幸は鷹狩りが目的。

（2）玉鬘のこの印象が鬚黒の通称の由来。

（3）**裳着**　女子の成人式。「裳」は腰から下の後方部を覆うプリーツ状の衣裳。成人女性だけが着けるので、成人式をこう言う。女子の初潮年齢の12～14歳に行われることが多かったが、次第に形式化して、結婚相手が決まったときやその見込みがあるときに行われた。玉鬘の23歳の裳着は異例。男子の元服に相当。元服同様、夕方から夜にかけての儀式。

（4）**腰結い**　裳着の儀式のうち、もっとも重要な役で、裳のひもを腰に結ぶ。然るべき立場の人が選ばれた。

三十……藤袴《ふじばかま》

「藤袴」 夕霧は玉鬘に藤袴(蘭)の花を贈り、「あわれはかけよ　かごとばかりも」(形だけでいいから憐れみをかけてほしい)と愛を求めた。光君37歳。夕霧16歳。

祖母である大宮が亡くなって喪に服していた玉鬘は悩んでいた。はじめのうちは尚侍《ないしのかみ》(1)として宮仕えすることになって喜んでいたが、よく考えてみれば良いことばかりではないことに気がついた。

あれだけすばらしい帝にお仕えするのは嬉しいことであるが、もし帝のご寵愛をいただいたとしたら、姉である弘徽殿女御や光君の養女である秋好中宮と対立しなくてはならないからである。とはいえ、もはや光君が実の父親ではないことがおおやけになったのだから、このままずっと六条院にやっかいになっているわけにもいかない。

柏木にしても、実の姉とわかると、では姉弟として仲良くしよう、だからもっと近くで話したいと言い出す。下心がないのはわかるけれど、玉鬘にしてみれば、急にそう言われても切り替えができない。どうも落ち着かないのだ。

しかし実の父親の内大臣も光君の手前があるのか、「こちらへ戻って来なさい」とも言ってはくれない。

そんなところへ夕霧が、尚侍への任命の知らせを持ってやって来た。

夕霧はあの野分の日、お見舞いに来た光君に連れられてこの玉鬘のもとへ来たことがある。それ以来、まるで山吹の花のように美しい玉鬘のことが気になって仕方がなかったのだ。夕霧はその思いを玉鬘に告げようと、御簾《みす》(2)の下から藤袴(3)の花を差し入れた。

しかし玉鬘はそんな夕霧の態度に当惑するばかりだった。

光君をはじめどの男もみな愛情を自分に伝えようとはするが、自分の将来をきちんと考えてくれる人や相談にのってくれる人は誰もいないのだ。そう思うと孤独感が募るばかりだった。

光君のところへ戻った夕霧は、玉鬘とのことで光君にそれとなくかまをかけてみた。まるで本当の親子のような関係だ、と光君は言下に否定したが、夕霧は素直にそれを信じられなかった。

あの野分の見舞いのときも、まるで恋人のような態度をとったではないか、と心の中で父を責めていた。

十月に玉鬘が宮仕えに出る、ということが明らかになって以来、みなそれまでに玉鬘を自分のものにしようと躍起になっていた。

鬚黒大将はまず玉鬘の父の内大臣に働きかけた。

内大臣は鬚黒大将が東宮の母の兄であるという将来性に注目していた。それに鬚黒大将には北の方がいるとはいっても、不仲らしい噂も聞いていたので、玉鬘が鬚黒と結婚するのは良い縁ではないか、と考えていたのである。

一方、光君は鬚黒大将のことを玉鬘の相手としてはふさわしくないと考えていた。というのも、すでに北の方がいたのでは苦労するのが目に見えている。その上、この北の方は紫の上の腹違いの姉なのだが、その父である式部卿宮(4)というのが、光君が須磨に下らざるをえないほど追い詰められていたころ、助けるどころか近寄りもしなかった男であった。

当の玉鬘はいろいろな求婚者に返事を出さないどころか、恋文を読もうともしなかった。しかし光君の弟である螢兵部卿宮には、ほんのひと言ではあるが、なぜか返事を出したりしていた。

注

（1）**尚侍**　74ページ注3を参照。

（2）**御簾**　14ページの絵を参照。

（3）**藤袴**　キク科の宿根草。秋に淡い紅紫色の花をつける。

（4）**式部卿宮**　紫の上の父。「若紫」の巻（48ページ）では兵部卿宮として登場。「朝顔」の巻冒頭（118ページ）で亡くなった式部卿宮とはもちろん別人。

三十一……真木柱《まきばしら》

「真木柱」 鬚黒大将の姫君が邸を出るにあたっての歌「今はとて宿離《か》れぬとも慣《な》れきつる 真木《まき》の柱は我を忘るな」（注1）から。この少女の通称にもなった。光君37～38歳。

鬚黒大将《ひげくろたいしょう》は玉鬘を手に入れようとあらゆる手を尽くしていた。内大臣に取り入っただけではなく、玉鬘の女房も懐柔し、その手引きによってある夜、玉鬘のもとへ忍び込んだのである。

玉鬘は一番いやだった鬚黒が襲いかかって来たので抵抗をしたが、とうとう無理やりに関係を結ばれてしまった。

玉鬘はさめざめと泣き、

「あなたなんて最低の人だわ」

と鬚黒に言った。

その夜のあいだ中、玉鬘は鬚黒に悪態をつき続けたが、思いを遂げて満足だった鬚黒は怒りもせず、ただ玉鬘の言うことをにやにやしながら聞いていた。

あらゆる不満を言っているうち、玉鬘はふとなんだか胸のつかえがすっかり下りたような不思議な感覚にとらわれた。

それは彼女が今まで一度も味わえなかった感覚だったのである。

思えば母である夕顔を幼いときに亡くして以来、筑紫で苦労したあげく、逃げるように都にやって来て光君に引き取られたのは良かったが、やはり光君のもとでは遠慮が先に立って、このように胸のうちをすべてさらけ出したことはなかったのではないか、と玉鬘は思った。

そして嫌悪感とともに、自分が何を言っても動じない鬚黒大将に不思議な包容力を感じてもいたのである。


こうしたいきさつを知った光君は残念でならなかった。

しかし、こうなってしまったのなら仕方ないと思い、きちんと結婚の手筈を整えることにした。

他の求婚者たちはやりきれない思いに駆られたが、内大臣だけは実の親らしく、「帝のもとで苦労させるより、こうして結婚するほうがいっそのこと良かったのかもしれない」と考えていた。けれども帝は玉鬘をあきらめきれず、結婚したあとも宮仕えしてくれないものか、などと考えていたようだ。


鬚黒大将は玉鬘を手に入れ、本当にうきうきしていた。

玉鬘が本当は自分を愛してはいないと知ってはいたが、そんなことももはや気にはならず、とにかく自分の邸を整えて、早く玉鬘を引き取ろうと考えていた。

このままいつまでも玉鬘を光君のもとに置いておいたら、宮仕えに出されてしまいそうだったからである。

しかし鬚黒の邸には北の方がいた。

この北の方と鬚黒の夫婦仲はまったくうまくいっていなかったが、それでもまだ北の方は鬚黒の邸にいた。

新たに玉鬘を迎えることを聞いた北の方の父親である式部卿宮は、

「新しい女が来る家にいつまでもしがみついて笑い者にされてはいけません。早くこちらへ戻って来るように」

と北の方に使いを出した。

夫婦仲はうまくいっていなかったとはいえ、北の方は悔しくてならなかった。

どうして新しい女が来るからといって自分が実家に帰らなくてはならないのだろう。自分はまったく悪いことなんかしていないのに、と思ったら腹が立って仕方がない。

そんなこともあって、ある雪の宵、うきうきと出かけようとする鬚黒大将に、北の方は香炉(2)の灰を投げつけたのである。

着物は灰だらけになり、鼻にも目にも灰が入ってしまった鬚黒大将はびっくりして立ち尽くしているだけだった。

北の方の気がふれたという噂はますます都中に広まってしまうので、式部卿宮はあわてて娘を引き取ろうと、北の方のところへ車を迎えにやった。

北の方としては、もはや自分が鬚黒大将と別れることは仕方がないと思ったが、子どもたち三人が父親と離れるのを悲しがって泣き続けていたので、それを見ているのが切なく、とても耐えられるものではなかった。

とくに娘の真木柱(3)は邸を出ていくことをつらがり、いつまでも父親の帰りを待つと言って聞かなかったが、周囲の説得によって泣く泣く北の方とその実家に戻った。そして弟たちは鬚黒大将が引き取ることになったのである。


もちろんこうした揉めごとは玉鬘の耳にも入っていた。

玉鬘は自分のせいのように感じ、やはりこの結婚は良くなかった、と思い始めていた。

鬚黒大将はそんな玉鬘を気遣い、本人の気が晴れるならと、やはり宮仕えをさせることに決めるのだった。

冷泉帝は尚侍として参内して来た玉鬘を見て、そのあまりの美しさにあらためて感心し、玉鬘が結婚してしまったことを残念に思うのだった。

見目かたちも立派な帝にそのようなことを言われ、玉鬘の心も動かないではなかった。

しかしそのことを小耳に挟んだ鬚黒大将は、玉鬘が帝のご寵愛をいただくようになったら大変だと、自分が風邪をひいたことを理由に玉鬘を宮中から呼び戻してしまった。

悩み苦しんだ玉鬘だったが、鬚黒大将のふたりの息子たちがよくなついてくれたこともあって、やがて鬚黒との生活を前向きに考えよう、と思い始めるようになった。

今まで一度だって、自分の思うようにいったことのない人生だったのだから、与えられた環境を愛して整えるしかないではないか、と思うに至ったのだ。

そうこうしているうち、秋に玉鬘は玉のような男の子を授かり、幸福を感じるようになったのだった。

注

（1）歌意は「今をかぎりにこの邸を出ていくけれど、太く立派な真木の柱よ、私を忘れないでおくれ」。

（2）**香炉**　着物に香をたきしめるためのもの。

（3）**真木**　真木は良材となるヒノキやスギのこと。この少女の名については巻名の由来を参照。真木柱は12〜13歳。

三十二……梅枝《うめがえ》

「梅枝」 薫物《たきもの》合わせの後の酒宴で、内大臣の子息が「梅枝」という催馬楽《さいばら》(1)を謡って興を添えたことから。光君39歳。

年が明け、二月の明石の姫君の裳着の儀式が近づいて来た。姫君が十一歳になったので、女性として一人前になったことを内外に知らせる式である。近々、東宮も元服なさるので、それに合わせて女御として入内することになっていた。

光君はことのほか喜んでいて、はりきって調度品を整えたり、姫君のためのお香を六条院の女君たちに相談したり、自分で調合したりもする熱の入れようである。

そのときにたまたまやって来た螢兵部卿宮にも参加してもらって薫物合わせ(2)なども開き、姫君のお香を決めようとしたが、どれもすばらしくなかなか甲乙がつかなかった。

また光君は仮名《かな》の手本もいろいろな書き手に依頼し、是非とも、姫君が美しいだけではなく教養ある女性に育って欲しいと願うのであった。

裳着の儀式のときには、その場に明石の君も呼んでやりたいと考えていた光君だったが、実母の身分のことでまたいろいろな噂が立っても困るだろう、と考え直した。

姫君の腰結いの役は六条院に里帰り中の秋好中宮がすることになった。

内大臣は明石の姫君の入内のことを聞いて面白くなかった。

娘の雲居雁はせっかく良い娘に育ったのに、やはり夕霧のことが忘れられないらしかった。かといって夕霧からは正式な求婚の話が来るわけでもなく、なんだか中途半端な立場に置かれている雲居雁はふさぎ込むばかりである。

子どものころから何度もふたりの将来を誓いあい、気持ちを確認しあったので、まさか夕霧の心変わりはあるまいとは思うものの、不安に思っていた雲居雁の耳に、夕霧の縁談の噂が入って来たのである。しかも落胆していたところに、夕霧本人からは愛情の確認の手紙が届いた。何を信じていいのかわからなくなった雲居雁は恨めしげな返事を夕霧に送った。

一方夕霧は、雲居雁にそんな屈託があるとは知らない。

先日、光君から、

「あまりいつまでも独身でいると世間の人に変な詮索をされるからよくない。自分と相手のために、いちばん良い方法を考えなさい」

と忠告を受けた折りにも、夕霧は雲居雁と必ず一緒になるのだ、とあらためて決意していた。

夕霧は、自分の愛情に、どうして雲居雁が素直に応えてくれないのか、不思議でならなかった。

注

（1）**催馬楽**　歌謡の一種。元は民謡であったが平安時代に雅楽の影響を受けて貴族に受け入れられた。宴席などで歌われる。源氏物語には頻繁に登場し、この「梅枝」以外にも「竹河」「総角」「東屋」の各巻の名が催馬楽の曲名になっている。

（2）**薫物合わせ**　香を調合してオリジナルの香りを作り競う催し物。

三十三……藤裏葉《ふじのうらば》

「藤裏葉」 藤の宴で内大臣が口ずさんだ古歌から。裏葉は若葉の意味。夕霧に「あなたが心を開いてくれるなら私だって」と意中をほのめかす。夕霧18歳。光君39歳。

内大臣は悩み続けている雲居雁(1)のことをかわいそうに思い、そんなに愛しあっているのなら仕方がないと、夕霧との結婚を認める気持ちになっていた。

とはいえ、こちらから折れるのもしゃくにさわる。

三月二十日、極楽寺(2)で亡き大宮の三回忌の法要が行われた。その席で内大臣はいつになく親しげに夕霧に声をかけるが、あまりにもってまわった言い方だったので、夕霧にはよくわからなかった。

四月の七日ごろ、内大臣は自邸での藤の宴に夕霧を招いた。そのときの内大臣の態度で、夕霧はなんとなく、内大臣は自分と雲居雁の仲を認めてくれているのではないか、と感じた。

夜が更けてきたころ、この機会を逃すともう雲居雁には一生会えないのではないか、という自分自身にも理由のわからない危機感を抱いた夕霧は酔ったふりをして、

「休みたいのです」

と言うと、なんと内大臣は、息子の柏木に雲居雁の寝所へ案内させたのだった。

六年ぶりに夕霧とふたりきりになれた雲居雁は初めのうち、夢を見ているのではないかと思い、なかなか本当の夕霧の姿だとは信じられなかった。

ふたりは幼いころ以来の夢のような一夜を過ごし、変わらぬ気持ちを確認しあうのだった。


初夏になり、ついに明石の姫君が東宮のもとに入内することになった。

入内に際しては必ず母親が付き添うことになっていたのだが、紫の上はその役を途中で代わり、明石の君に任せることにした。

明石の君はそんな紫の上の配慮によって、八年ぶりに実の娘である明石の姫君に会うことができたのである。

その際、紫の上は初めて明石の君に会うことになった。

光君からときどき話は聞いていたが、想像以上に品が良くあか抜けた女性だったので、こんな方ならば光君が夢中になったのもわかる、と思い、長いあいだの嫉妬を反省したのだった。

明石の君は明石の君で、紫の上が美しいだけではなく、明るく頭の良い女性だということがわかり、こういう方だからこそ光君はこの六条院をお任せになったのだ、とあらためて感心した。

そして八年間、娘を大切に育ててくれたことに対する感謝の辞を述べ、水入らずで娘と一緒に宮中に上がることになったのである。

その秋、光君は准太上天皇《じゅんだいじょうてんのう》[3]の地位にまで昇りつめた。

秘密ではあるが光君こそが自分の父親だとご存じの冷泉帝は、この昇進でさえまだ敬意が足りないと考えていた。

内大臣も太政大臣になり、晴れて雲居雁との関係が認められた夕霧も宰相から中納言に昇進した。

そして夕霧と雲居雁は、亡くなった大宮が住んでいた三条邸を改築して住むことにした。

十月の下旬に、冷泉帝と朱雀院が六条院まで行幸された。

今上帝と前帝のおふたりがおそろいになり、誰かの邸宅においでになるというようなめでたいことはめったにないので、都中が大騒ぎになった。光君も本当にありがたいことだと思いながら、できる限りのもてなしでおふたりをお迎えしたのであった。

今、光君は昇りつめるところまで昇りつめ、これ以上、望むところがないほどに光り輝いていた。

注

（1）**雲居雁**　幼い恋に悩み続けたこの女性の名は、かつてひとりごちた「霧深き雲居の雁も我がごとや　晴れせず物の悲しかるらん」（霧に包まれた雲のなかの雁も自分のように暗く悲しい思いをしているのか）の歌（出典不明）から通称が出た。

（2）**極楽寺**　京都市伏見区深草にあった。現在の宝塔寺と言われている。藤原摂関家の墓所。

（3）**准太上天皇**　皇位を譲った天皇を上皇、または太上天皇という。光君は人臣ゆえ、それには成りえない。そこで、それに準ずる位として准太上天皇となった。

三十四……若菜《わかな》 上《じょう》

「若菜上」 光君の40歳の祝い（173ページの注3を参照）に玉鬘が若菜を進上することから。光君39～41歳。

光君の異母兄である朱雀院は体調がすぐれず、先行きに不安をもち、出家しようかと考えていた。

院には東宮とは別に女宮が四人いたが、なかでももうすぐ裳着の儀を迎える女三の宮《おんなさんのみや》（1）の将来を心配していた。

女三の宮には柏木や螢兵部卿宮などいろいろな求婚者がいたが、誰もなかなかお目にはかなわず、まだ頼りない女三の宮を安心して任せられる人物を朱雀院は探していた。

院が白羽の矢を立てたのは光君であった。

盛大な裳着の儀が終わったころ、光君は出家した朱雀院を見舞ったのだが、そこで院から申し出があった。

案の定、院は、女三の宮と結婚してほしいと言ったのである。

この話は以前もあり、光君は一度は断っていた。

なにしろ光君は年が明ければ四十歳だったが、女三の宮はまだ十五歳になるかならないかだったからである。

とはいえ本当のところは、光君としてはこの話に少し心がひかれないでもなかった。その理由としては、女三の宮がとても身分の高い方であることや、あの藤壺中宮の姪《めい》(2)に当たるということもあったからである。

院は是非とも頼むと言うので、結局、光君はその申し出を受けてしまった。

光君はそのことを紫の上に伝えるのが不安だったが、どうしたことか紫の上は怒りも嘆きもせず、

「そんな身分の高い方をお迎えできるなんて、光栄ではありませんか」

と言った。

しかしその実、紫の上の心の中には複雑なものがあった。

子どものときからそばにいて、不遇の時代も良い時代も一緒に過ごしてきたのに、今になってこんな思いをするなんて。ついに光君とのあいだに子どもができなかったということにも、今さらながら打ちのめされるような気持ちになり、紫の上はだんだんふさぎ込みがちになった。

そしてまるで空を飛ぶ小鳥のように気ままでとらえどころのない光君の心に振り回されるより、いっそのこと出家して仏の道に仕えようかとも思うようになった。

紫の上は長年の嫉妬に疲れ始めていたのだった。

正月二十三日には、玉鬘が光君の「四十の賀(3)」を祝って六条院に参上し、若菜(4)を献上した。

二月十日過ぎ、ついに女三の宮が六条院に輿入《こしい》れした。

それはそれは豪華な輿入れだったが、それを聞くにつけても紫の上の心は沈むばかりだった(5)。

光君も光君で悩んでいた。

身分の高い方を六条院に迎えるのは名誉なことだったし、何より藤壺中宮の姪である女三の宮に興味津々だったが、少なからず失望していた(6)のだ。

女三の宮はまだほんの子どもであどけなく、いつも舶来の猫と遊んでいて、光君とは会話もまともに成り立たないほどだったからである。

紫の上を北山から連れて来たときもまだ幼い少女だったが、感受性豊かで頭の良い子だったということを思い出すにつけても、光君は絶望的な気持ちになった。

それでも光君は三日間、女三の宮のもとへ通い、結婚の儀(7)を行った。

それを聞いて朱雀院は西山に造った寺(8)に入った。

娘宮の幼さに一抹の不安を残しながら、光君と紫の上とに、

「女三の宮のことは自分に気兼ねせず扱ってくれ」

という手紙を残していった。

朱雀院の出家にともなって、院の女御や更衣も新たな人生を歩み出すこととなり、朧月夜も二条の実家(9)に戻って来た。

それを聞いた光君は、引き裂かれるように別れてしまった朧月夜に会いたくてたまらなくなり、ある日、元の右大臣の邸に忍んでいく。

朧月夜は以前と変わらず美しく、凜《りん》とした女性だった。

思えばこの人に恋をしたから自分の身は危うくなり、須磨まで落ちて行ったのだ。光君の感慨はひとしおだった。

しかし朧月夜は久々に光君に訪《おとな》われて自分の運命を呪いたいほどとまどった。

十五年前、光君との逢瀬が父の知るところとなり、光君は都を去ることとなって自分はふしだらな女と叱られ、生ける屍のようになってしまったのだ。

そんな自分に深い愛を注いでくれた朱雀院を裏切るような真似が今さらできるだろうか。

だが、引き寄せられるようにふたりはまた逢ってしまった。

そしてやはり朧月夜は再び、光君の胸に抱かれるのだった。

東の空が白むころまで朧月夜と一緒にいた光君の様子に、紫の上はすべてを悟ってしまった。

光君にはまた誰か好きなお方がおできになったのだ、と思うと心は悲しみでいっぱいになった。

もう紫の上の心には若いときのような悔しさや嫉妬はなくなっていた。ただただ悲しみが胃のあたりに水のように溜まっていくのだった。

しかし光君は、話の通じない女三の宮や沈みがちな紫の上から逃れるかのように朧月夜にのめり込んでいく。

彼女たちに比べて、朧月夜はなんと頭が良く話がわかる女性なのだろうと思うと、彼女のもとを離れがたい気持ちまでしてくる。

その夏はめでたいことがあった。

女御として東宮のところへ入内していた明石の姫君が懐妊し、里帰りしてきたのである。

紫の上としては実の娘が妊娠したように嬉しく、少し心が慰められた。

ずいぶんとしっかりしてきたように見受けられる明石の姫君と再会できたのも嬉しかった。大堰からやって来たときはまだほんの子どもだったのに、すっかり大人びている。

明石の女御も育ての親である紫の上に会えたのが嬉しいらしく、時を忘れて、積もる話をするのだった。

紫の上はいつまでもいじけていても仕方がないと反省し、この機会に女三の宮にも会い、不自由なことはありませんか、と事細かに話を聞き、親身になって話をしたので、ふたりはいつのまにか親しくなっていた。

翌年の三月に明石の女御は男宮を出産した。

この年は、紫の上、秋好中宮、夕霧による光君の「四十の賀」の祝いごとも勅命(10)によって盛大に執り行われ、めでたいことが続いていた。

東宮の一の宮も生まれたことなので、みな本当に喜んだが、なかでも、今も明石にいる明石の入道は、天にも昇る心地であった。

長いあいだ住吉の神に願をかけていた甲斐があった、もう思い残すことはない、と歓喜し、山の奥に入ったのだった。

この頃、六条院で蹴鞠《けまり》の会が行われた。

そのとき柏木はかねてから好きだった女三の宮が気になって、その部屋の前をうろうろとする。

すると偶然にも女三の宮の飼っている猫がその御簾から飛び出て来た。

そのはずみに御簾がまくれ上がり、柏木は女三の宮の立ち姿を見てしまったのだった(11)。

可愛らしいその姿に柏木の恋の炎は燃え上がり、抑えられない気持ちがからだを貫いたのであった。

その日以来、柏木は寝ても覚めても女三の宮のことを考え続けていた。

注

（1）**女三の宮**　「3番目の皇女」の意。

（2）女三の宮も、やはり藤壺の血縁だから「紫のゆかり」（50ページの注8を参照）の人である。

（3）**四十の賀**　40歳の祝い。今日で言えば還暦（60歳）祝いのような感覚だろうか。思いを寄せていた女性から四十の賀を祝われ、光君は自らの老いを自覚せざるをえない。光君は固辞し続けた。

（4）正月の初めての子《ね》の日にさまざまな若菜を摘んで食す習慣があった。若菜には若返る縁起がある。正月7日に7種類の若菜を食べる習慣もあり、今日の七草がゆにつながっている。

（5）女三の宮は身分の高さゆえ中央の寝殿を与えられた。紫の上は六条院の女主人の座を明け渡すことになった。

（6）原典では、幼すぎて、結婚しても男女関係に入れなかったことが暗示されている。

（7）**結婚の儀**　三日夜の餅など、結婚の儀式については261ページを参照。

（8）この西山の寺は仁和寺《にんなじ》ではないかと言われている。

（9）光君が朧月夜の寝所にいるところを右大臣に見つかり、須磨落ちのきっかけになった、例の邸である。72ページを参照。

（10）**勅命**　天皇の命令。

（11）当時の女君たちはひざまずいて移動した。また母屋の端近くに出るのもはしたないことである。したがって外から立ち姿を見られたということは、女三の宮が女性としていかに未成熟かの証である。「野分」の巻で紫の上も端近くに出てその姿を夕霧に見られ、光君に注意されている146ページを参照。

三十五……若菜《わかな》 下《げ》

「若菜下」 朱雀院が50歳になる前年の末、年が明けたら若菜を献上しようと光君が思いつくことから。光君41～47歳。

柏木はいつまでも女三の宮のことが忘れられなかった。

頼りなげであどけないその可愛らしさに一目で夢中になったのだ。

たった一瞬しか見えなかったから、なおのことその姿は柏木の脳裏に焼き付いて離れない。

しかし女三の宮は光君の正式な妻であるし、おいそれと柏木がその姿を拝んだり、文を交わせる間柄でもない。

せめてもの慰めにと、女三の宮が飼っていたあの舶来の猫を女三の宮の弟である東宮を介して譲り受け、それを身代わりのようにして柏木は可愛がり続けた(1)。

その想いは届かぬかに見えたが、柏木の一途さに長い歳月ののち運命は一瞬、柏木の味方をするのだ。

それゆえに命を落とすとも知らない柏木はやがてその恋に突進することになる。

四年後、冷泉帝が退位した。

それにともなって東宮が二十歳で即位し、明石の女御が産んだ皇子が新東宮となった。冷泉帝が退位すると太政大臣（昔の頭の中将）が「帝が退位なさるなら、自分のような年寄りも身を引くべきだ」と言って引退したので、鬚黒左大将が右大臣に、夕霧右大将が大納言に昇進した。

光君は満たされた思いだった。自分の娘である明石の女御の子が、つまり自分の外孫が次の帝になることがほぼ確実になったからである。

かねてから願をかけていた住吉大社に、紫の上、明石の女御、その母の明石の君、その母の尼君(2)とともにお礼参りに出かけた。

女三の宮とはしっくりいっていない光君だが、女三の宮の身分を考えれば邪険にもできないので、きちんとそのもとには通っていた。

その姿を見るにつけても、光君の気持ちは自分のところにあるのだと考えるようにしていた紫の上だったが、やはり気にならないわけはない。

とはいえ、子どものような女三の宮に思いを乱されるのにも疲れていた。

自分に明石の君のように子どもがあれば光君との関係も違うだろうに、とも思うのだが、今さらそんなことを言っても仕方がない。

そんなふうに沈みがちになる紫の上だった。

年が明け、朱雀院の五十歳の御賀《おんが》(3)に先立ち、六条院では女楽《おんながく》(4)が行われることになった。紫の上は和琴《わごん》、明石の女御は箏《そう》、明石の君は琵琶《びわ》、女三の宮は琴《きん》を担当したのだが、みな見事に弾きこなしたのだった。

光君は満足な気持ちでそれを楽しんだ。

しかしその未明、紫の上が突然の発熱で倒れたのである。

光君はずっと付きっきりで看病するが、回復ははかばかしくない。加持祈禱をさせたり、薬湯《やくとう》を与えたりしたが、熱はまったく下がらなかった。

光君はなんとか良くならないものかと考えたあげく、紫の上を二条院に運ぶ。

この邸宅は、紫の上が新婚時代を光君と過ごし、須磨で光君が落魄《らくはく》の日々を送っているときも紫の上がひとり守り通した思い出が詰まっている場所である。

光君はずっと紫の上のそばにいたのだが、紫の上はどんどん悪くなっていった。

光君と紫の上という主がいなくなった六条院も火が消えたように寂しくなっていた。

ところで柏木が女三の宮を見かけ魂を奪われてから七年が経ったが、彼の気持ちは今も変わらなかった。

しかしいくら女三の宮への思いが強くても、いかんともしがたい。代わりにというわけではないが、朱雀院の意向もあって柏木は女三の宮の姉である落葉《おちば》の宮(5)と結婚した。

この結婚はやはりうまくはいかなかった。落葉の宮と一緒にいても、柏木の気持ちは一瞬たりとも女三の宮のもとを離れなかったからである。

柏木は女房を通じて、なんとかして女三の宮のそばに近寄ろうと考えていた。

光君は紫の上の看病で六条院を留守にしており、六条院の人々の多くも二条院に移っている。気はとがめないでもないが、柏木にしてみればいい折りだった。

そしてついに賀茂祭の御禊《ごけい》(6)の日の前日、みながあわただしくしていて女三の宮の寝所のあたりに人が少なくなることがあった。

千載一遇の機会だった。

柏木は女三の宮の母屋《もや》へ忍び込んだ。

女三の宮はなんのことかわからず怖がるばかりだったが、その怖がり方も可愛らしく、思いを伝えるだけでもいいと思っていた柏木はたまらなくなり、無理やり関係を結んでしまうのだった。

柏木はその場で少しうとうとしたような気がする。

すると夢の中にあの猫(7)が現れた。

夢なのか現《うつつ》なのかわからないぼんやりした気持ちのまま、柏木は女三の宮のもとを離れた。

今してきたことの興奮と光君への恐れで、柏木は気づかなかった。猫の夢は懐妊のお告げだと言われていることに。

紫の上がちっとも良くならないというのに、今度は女三の宮の調子が悪くなったと聞いて光君は六条院に帰ってきた。

たしかに顔色は悪く沈みがちだが、病気とも思えない。まったく通わなかったのでご機嫌を損ねたのかとも思うが、光君は紫の上の病状が気になって落ち着かなかった。

そんなところへ信じられない知らせが届いた。

それは紫の上が亡くなってしまった、という知らせである。

光君が二条院に急いで戻ると、もう女房や僧侶は呆然としているし、あちこちからすすり泣く声も聞こえていた。

光君は紫の上が亡くなったということをどうしても認めることができないので、加持祈禱を続けさせる。

葵の上のときに物の怪の仕業があったことを光君は忘れていなかった。

するとしばらくして、六条御息所の物の怪が現れた。

「紫の上の命を奪おうと思っていたが、愛しい光君の悲しむ姿に耐え切れず、姿を現してしまった」

という御息所の悔しげな言葉(8)に、光君はあらためて彼女の気持ちの強さを思い知らされる。

物の怪が退散すると、やがて紫の上は息を吹き返し、次第に快方に向かったのであった。

紫の上が奇跡のように生き返ったというのに、再び驚くべきことが起こった。

女三の宮が懐妊したらしい、というのである。

めでたいことだとはいえ、どうも合点がいかないので光君は変だなと思ったが、深く追及はしなかった(9)。

ある時、眠っている女三の宮を眺めているうち光君は、手紙が落ちているのを発見する。それは女三の宮の衾《ふすま》(10)の下にかすかに見えていたのだが、どうも男の手によるものらしいので光君はそれを検めた。

その手紙は露骨な恋文で、どうやら柏木からのようだった。

その瞬間、光君はすべてを悟った。

女三の宮が誰の子を身ごもったのか。

今まで紫の上より格上に扱ってきたというのに、これはいったいどういうつもりなのだろう。

柏木などという青二才にしてやられるとは自分も堕ちたものだ、と思うと光君の胸はかき乱された。

しかし。

かつて自分が藤壺の宮と結ばれたときも、もしかして父、桐壺院はご存じだったのではあるまいか、ということに思い当たった。

わかっていながら院は気がつかぬふりをなさっていたのではないか。

因果応報というが、同じようなことをこの自分がしてやられるなんて、と光君はうなった。

光君にすべてが露顕したと知った柏木は身の置き所のない気持ちだった。

宮中に参内することもできず、ただただ衾をかぶり自分の部屋で怯えるだけである。

恋の情熱がしでかした業とはいっても、自分はあまりにも大それたことをしてしまった、ということに今ごろ気がついたのである。

しかし、もうそれは取り返しのつかないことでもあった。


光君にはもうひとつ、やりきれないことが起こった。

愛する朧月夜が朱雀院を追って出家してしまったのである。

病気から回復した紫の上も出家したがっていたが、それはなんとかとりなしてくい止めた光君だったのに、今度ばかりはどうしようもなかったのだ。

仕方がないので尼装束などを贈ったりしたが、光君は残念でたまらなかった(11)。

朧月夜は本当に話の通じる数少ない恋人だったからである。

柏木は光君に呼ばれていた朱雀院の五十の御賀の試楽(12)への出席を断った。

光君とどうやって顔を合わせていいのかわからなかったからである。

しかし光君から直々に「是非とも参加するように」という手紙が来てしまい、仕方なく柏木は出席することにした。

光君は何も気にしていないような満面の笑みで接してくれるので、余計に不気味に感じた柏木だったが、ついに酒が入ったあと、嫌みを言われてしまった。

他の人が聞くと何でもないような台詞だったが、身に覚えがある柏木にはその場にいられないようなひと言だった。

「年を取るとみっともなくなっていけないね。柏木も私を見て笑っているのではないかな。でも、笑っていられるのは今のうちだよ。誰だって年を取るのだからね」

睨みつけるようにしてそう言われ、柏木はまだ宴会は続いているのに、その場を飛び出してしまう。

その日から柏木は床に就き、起き上がることができなくなってしまったのだ。

注

（1）柏木は猫の「ねうねう」という鳴き声が「寝よう寝よう」と聞こえたという。

（2）明石の尼君といえば「幸いびと」の代名詞だった。近江の君（142ページ）は、すごろく（現代のものとはまったく違い、黒白15個ずつの駒を使う、バックギャモンのようなゲーム）のサイを振るときにいい目が出るように「明石の尼君、明石の尼君」と唱えたという。

（3）**御賀**　五十の祝賀。このあと次々に起こる出来事で、結局、朱雀院の五十の賀は年末になってしまう。

（4）**女楽**　女性たちだけの器楽合奏。楽器はすべて弦楽器（54ページの注2を参照）。女性が笛を吹くことはない。

（5）**落葉の宮**　「女二の宮」とされるべきなのに、こうした名になったのは、柏木の歌「両鬘《もろかずら》落葉を何に拾いけん　名は睦まじき挿頭《かざし》なれども」から。女三の宮が欲しかったのに、どうして同じ姉妹のうちの見栄えのしないほうを拾ってしまったのだろうという失礼な歌。源氏物語の人物名のほとんどは後世の人が名づけたものだが、そのなかでは一番気の毒な通称。

（6）**御禊**　69ページの注6を参照。

（7）かつて東宮（現在は帝）から預かった女三の宮の猫。

（8）現れた六条御息所の物の怪に光君は「本当にあなたなのか？　では、2人だけしか知らないことを何か言ってみるがいい。ならば信じよう」と迫る。すると六条御息所の物の怪は「私の姿は昔とすっかり変わってしまったが、そういうあなたのとぼけ方は昔のままだ」という歌を詠み、「いとつらし、つらし」（本当に恨めしい、恨めしい）と泣きわめく。

（9）女三の宮の懐妊を光君がいぶかった理由は、①明石の君以来、女性を妊娠させたことがないこと。②女三の宮と結婚して7年になること。③紫の上の看病で女三の宮とは交渉がなかったこと、など。

（10）**衾**　ふとん。29ページの注9を参照。

（11）相手を選ばないどころか障害のある恋ほど燃えるという光君だが、手を出さないケースが2つだけあった。恋人の娘と出家した女性である。

（12）**試楽**　リハーサル。

三十六…………柏木《かしわぎ》

「柏木」 柏木の死後、言い寄る夕霧を落葉の宮がはねつけるときに詠んだ歌（注1）から。悲運な主人公の通称ともなる。柏木32〜33歳。女三の宮22〜23歳。光君48歳。

柏木は父の邸で療養していたが、新年になっても容体は良くならなかった。

あの夜の宴で、光君に嫌みを言われて以来、柏木の心は一瞬たりとも落ち着くことがない。

少し調子のいい日には女三の宮に手紙を書いたが、宮は返事などできないという。

「あなたを愛する気持ちは消えないのです、たとえこのからだは死んでしまったとしても」

と柏木はこれが絶筆の思いでそう書いたのに、女三の宮からは「私も煙になって消えたい」などという返歌が届く。

それは柏木のことを愛していてそう書いたのではなく、重大な秘密があらわになってしまったので煙になって消えたいという感情から出たのかもしれないが、それでも柏木は女三の宮の返事に感激した。

彼はたったひとりでまさしく死ぬほどの恋をしていた。

女三の宮は男児（2）を出産した。

だが、光君はもちろん手放しで喜べるわけもない。

女の子なら人目につかずに育てることができるが、男の子となるとそうもいかない。

この子がやがて大きくなり、「柏木にそっくりだ」という評判でも立ったらどうしよう、という心配もあったし、これは以前、自分が藤壺の宮と犯した罪の報いではないか、と思うと恐怖に慄然とする。

誕生を喜ぶ会である「七夜《しちや》の産養《うぶやしない》の儀(3)」は帝が主催する晴れがましい祝宴になった。

これが久しぶりに生まれたわが子であればどんなに嬉しいか、と思いながらも光君はやりきれなかった。

そんな光君の態度を見た女房たちは、どうして光君があまり喜んでいないのかを不思議がった。


女三の宮は疲労困憊していた。

もともとあまりからだが丈夫でなかった上に、初産でほとほと疲れ果てたのもあるし、何よりも柏木との秘密を光君に知られてしまったことに大きく打ちのめされてもいた。

光君の態度は冷たく、こんな毎日が続くのならばいっそのこと出家してしまおうか、と考え、光君に申し出たが、光君からは出家は絶対に許さないという返事が返ってきた。

まだ女三の宮が若いということもあったし、今、出家されたら外聞が悪い、ということもあったからである。

女三の宮の父である朱雀院は西山の寺にこもっていたが、娘宮の産後の体調が悪いということを聞きつけ、出家した身にもかかわらず、夜の闇にまぎれて様子を見に来た。

女三の宮は父院に、

「どうしても出家させてほしいのです」

と涙ながらにお願いした。

父院は出産したばかりのまだ若い娘がどうしてこんなに不幸そうな顔でこんなことを願い出るのだろう、と不思議に思ったが、光君との夫婦仲があまりよくないということは聞き及んでいたので、結局はその出家を許すことにした。

それを聞いた光君は何度も考え直すようにと女三の宮を説得したが、もうその決意は固かった。

女三の宮がついに髪を下ろし(4)、加持祈禱を受けているとき、またも六条御息所の物の怪が現れ、

「紫の上を取り殺すことができなかったので、今度は女三の宮に取り憑《つ》いてやったのだ」

と言う。

六条御息所は冥界《めいかい》に行っても一度も心休まることなく、光君のまわりをさ迷い続けていたのである。

病が思わしくなかった柏木は、女三の宮の出家を聞いて衝撃を受けた。

ついに柏木は危篤状態になり、見舞いに来た夕霧に、妻の落葉《おちば》の宮の今後をよろしくと頼んだ。

そして、

「じつはあなたのお父上である光君に対して気まずいことがありました。しかし私は小さいときからあの方を尊敬しておりました。死んだら光君のお許しを得たいものです」

という謎の言葉を残し、落葉の宮にも会わずじまいでついに死んだのである。

夕霧にはその言葉の意味がわからなかったが、たぶんずっと柏木が片思いをしていた女三の宮のことなのだろう、と見当をつけた。

柏木の死後、夕霧は約束どおり一条宮に住んでいた落葉の宮を見舞いに出かけた。

あまり夫に愛されないまま、夫を失ってしまったいたわしい未亡人を慰めているうち、夕霧の中でだんだん芽生えるものがあった。

同情がやがて愛情に変わるのだった。


春になり、女三の宮の子、薫君《かおるぎみ》の五十日《いか》の祝い(5)が行われた。

光君は愛らしい薫君を抱きながら、やはりこの子は柏木に似ている、と考えていた。

一時は憎いと思った柏木だったけれど、あんなに若い身空でこんな愛しい子を残して死んでしまうなんてと、その薄幸な運命を考えると涙が出て来た。柏木の死も女三の宮の出家もすべてはこの子のためだったのか、と思えてくるのであった。

そんな大人たちの思いをよそに薫君はすくすくと育ち、美しい子どもになりつつあった。

注

（1）歌意は「柏の木には木の葉を守る神が宿るといいますが、その神（亡き夫）がいなくなっても、他の人を代わりに、というわけにはいきません」。カシワは餅を包むことで知られる落葉樹。「柏木」は当時の柏木の役職「衛門《えもん》」をも意味する。

（2）のちに「宇治十帖」（45～54帖）の主人公の一人となる薫君《かおるぎみ》。

（3）**七夜の産養の儀**　誕生後、3日、5日、7日、9日には祝いの品が贈られ、宴が催された。とくに7日目には名付けの行事があった。

（4）髪を剃り落とすわけではない。髪を肩の下あたりで切る、いわゆる「尼削《あまそ》ぎ」。

（5）**五十日の祝い**　97ページの注3を参照。

三十七……横笛《よこぶえ》

「横笛」 柏木の遺愛の笛のこと。死後1年半、一条御息所は夕霧に、柏木の形見の横笛を預ける。やがてその笛は光君へ。光君49歳。

柏木の一周忌の法要が行われた。

夕霧は忘れられない友人だった柏木のために、できる限りの供養をしようとし、光君も薫の実の父へという思いを秘めて、自分のものとは別に「薫から」として黄金百両を用意したのだった。

光君はときどき尼になった女三の宮に会ったが、その美しい尼姿に、どうして尼になることを許してしまったのだろうと後悔した。

ある秋の日、夕霧が一条にある落葉の宮の邸で琵琶を弾いていると、落葉の宮の母君である一条御息所(1)がやってきた。

そして柏木が大切にしていた横笛を持ってきて、

「こんなところに置いておくより、あなたが持っていてください」

と夕霧に手渡した(2)。

夕霧はそれをありがたく自邸に持ち帰った。

邸で笛を吹いていると、外出がちの夕霧の最近の心変わりを、妻の雲居雁が責めたりする。そのたびに夕霧はいっそう落葉の宮のことを思い出してしまうのだった。

夕霧がそのままうたた寝してしまうと、夢の中に柏木が現れた。

そして、

「あなたに渡した横笛は子孫に伝えたかった。この笛はじつはあなたとは違う人に伝えるべきなのです」

と言う。

それではこの横笛を誰に渡したらよいのか、と夕霧が柏木に問いかけようとしたところで子どもが泣いたので、目が覚めてしまった。

どうしていいのかわからない夕霧はキツネにつままれたような気持ちのまま、とりあえず六条院へ行こうと、笛を手に立ち上がる。

雲居雁は乳を吐いて泣きじゃくる子どもを抱きながら、夕霧の背に、

「あなたがいつまでも若者気どりで遊び歩いているから、この子も調子が悪くなったのですわ」

などと嫌みを浴びせるのである。

六条院では、女三の宮が産んだ可愛い盛りの薫君が遊んでいた。

夕霧は、そのあどけなさにしばらく見入っていた。

口に出すのははばかられるが、薫君はなんとなく柏木に似ているような気がする。

夕霧は光君に、不思議な夢の話をしてみた。

夕霧の話をしばらく黙って聞いていた光君だったが、

「その横笛は私がとりあえず預かっておきましょう」

と言う。

「預かって、いったいどうなさるのですか？」

と夕霧は尋ねたが、光君はそれには答えなかった。

なんとなく変だと思った夕霧は、柏木が死ぬ間際に言った、

「私は死んだあと、光君にぜひともお許し願いたいことがある」

という言葉の意味をなおも光君に問いかけた。

しかし光君はやはり曖昧に笑っているだけで、はっきりしたことを夕霧には告げないままなのだった。

注

（1）**御息所**　42ページの注1を参照。
（2）女性は笛を吹かないし、この家には伝えるべき男児もいない。

三十八……鈴虫《すずむし》

「鈴虫」 光君が出家した女三の宮の御殿の前庭を野の風情に造成し、秋の虫を放ったことから。スズムシは今のマツムシをいう。光君50歳。女三の宮24～25歳。

女三の宮が出家して二年半が経つ。

出家した以上、夫婦は別れて暮らすべきだと朱雀院からも忠告があったが(1)、光君はいつのまにか大人びて落ち着きを身につけた女三の宮への未練から、何かと理由をつけて女三の宮を手放さず、ずっと六条院に置いておこうとするのだった。

秋には女三の宮の庭に虫を放ち、その音色を楽しめるようにした。

そして光君は今さらながらに女三の宮に、

「どうしてあなたは出家してしまったのですか？　お声は鈴虫と同じで相変わらず美しいのに」

などと切々と自分の思いの丈を訴えるのだった。

もう仏の道に心が定まっていた女三の宮は、そんな光君の心根を負担に思い、離れて住んだほうがいいのではないか、と考え始めていた。

八月十五夜の日に、光君は息子の夕霧と弟の螢兵部卿宮とともに、その庭の鈴虫の音に合わせて琴《きん》を弾いた。

その席上で光君はふと柏木のことを思い出し、思わず涙してしまった。

そのとき冷泉院からのお誘いの使者があったので、全員で二条の冷泉院の邸へ行った。

久しぶりに会うと、冷泉院の顔立ちはますます自分にそっくりだ、と光君は思った(2)。

その夜はみなで歌を詠み、楽しい時間を過ごした。

みなが帰った後、光君はひとりで秋好中宮の部屋を訪ねた。

しばらくぶりに会う秋好中宮は心なしかやつれたように見える。

光君がわけを尋ねると中宮は、

「母（六条御息所）がまだ成仏《じょうぶつ》できず、物の怪としていろいろ出没していると聞いて、心が苦しいのです。いっそのこと私も出家したいくらいです」

と訴える。

六条御息所の物の怪は紫の上に取り憑いたり、女三の宮のもとに現れたりと、たしかに成仏できないようではある。しかしだからといって秋好中宮が出家するなんてとんでもない、と光君は反対し、

「母君のために追善法要をしたらどうでしょうか」

と勧めるのだった。

注

（1）当時、女性は出家しても、それまで暮らしてきた部屋を仏間にして、そこで暮らし続けた。朱雀院の言葉には、姫宮を幸せにしてくれるどころか、はっきりとした理由はわからないにせよ出家に追い込んでしまった光君への非難があらわである。

（2）2000年7月19日に発行された二千円札の裏の「源氏物語絵巻」がこのシーン。左端が冷泉院。鏡のように向かいあうのが実父光君。

三十九……夕霧《ゆうぎり》

「夕霧」 小野の山荘を訪ねた夕霧が落葉の宮に、折りから立ちこめた霧にかこつけて（恋の）道に迷いそうだから泊まりたいと言いだすことから。彼の通称もこれによる。光君50歳。夕霧29歳。


夕霧は亡き柏木の未亡人である落葉の宮に夢中だった。

たしかに妻である雲居雁は幼なじみで気心が知れ、世帯やつれもしていたが可愛らしいところもあった。だが、落葉の宮といるときのようなときめく気持ちを今さら与えてくれるわけもない。

夕霧の気持ちは急激に落葉の宮のほうに傾いてしまい、落葉の宮の母である一条御息所も夕霧を頼りにしているほどだった。

その御息所が物の怪のせいで調子を崩してしまい、加持を受けるために比叡山《ひえいざん》(1)の麓《ふもと》の小野(2)の山荘にこもった折りに、夕霧はお見舞いすることにした。

もちろん本当の目的は一緒にいる落葉の宮に近づくことだった。

夕方になって御息所の容体が悪くなり、まわりに女房たちがいなくなった。

落葉の宮と面談中だった夕霧はこの好機をとらえて、突然、御簾《みす》の内側に入り込む。

落葉の宮はたび重なる訪問によって夕霧に心を許していたし、頼りに思ってもいたけれど、その夜の唐突な行動には驚いた。

落葉の宮はふすまの向こうに逃げようとしたが、夕霧に裾をつかまれてしまう。

しかし夕霧はまさか拒否されるとは思っていなかったし、もともとが実直な男で無理強いもできなくて、どうしてよいかわからずにいるうち、そのまま夜が明けてしまった。

朝になって帰ろうとする夕霧の姿を加持祈禱をする律師《りっし》(3)が見つけてしまった。

夕霧と落葉の宮の関係を早合点した律師は、その旨を調子が回復した御息所に報告した。

御息所は驚いて落葉の宮に夕霧との関係を質すが、恥ずかしさのあまり落葉の宮が口を開かないので、それ以上は聞くことができなかった。

関係が生じたと思い込んだ御息所は、夕霧からようやく翌日になって手紙が来ただけで、しかも、あるべき再びの訪れがないことに衝撃を受ける(4)。

このまま落葉の宮がどうなってしまうのか心配になった御息所は、夕霧に手紙を書いたのだった。

御息所からの手紙を受け取った夕霧は、鳥の足跡のような乱れた筆跡が読めなくて、灯火を引き寄せた。

それを夕霧の背後から見ていた雲居雁は、これは絶対に落葉の宮からの恋文に違いない、と思い、その手紙を奪い取ってしまう。

夕霧は必死で、

「何をするんだ。花散里さまからの手紙じゃないか。夫婦も長くなると夫をぞんざいに扱うのだな」

とごまかすのだが、雲居雁は取り合わなかった。

翌日の夕方に雲居雁が隠していた手紙をようやく見つけ出したが、御息所が誤解をしていることを知って驚き、夕霧はすぐさま返事を書いた。

しかし、それは遅すぎた。

はからずも未亡人になってしまった大切な娘と男女の関係になったというのに、夕霧という男はまったく通って来ないし、手紙の返事もなかなかよこさない——御息所は絶望して、急に体調を崩して亡くなってしまったのである。

訃報に驚き、夕霧はあわてて山荘へ向かい、葬儀の用意などをかってでた。

しかし落葉の宮は母が亡くなってしまったのは、夕霧の不誠実な態度のせいだと思い込み、夕霧と話すのさえも拒否してしまう。

その後も夕霧はまめに落葉の宮に手紙を書いたが、落葉の宮はそれを読もうともせず、時間だけが経過していった。

夕霧はそんな落葉の宮のことを薄情な人だと思い始めていたが、柏木にも死なれ、御息所も亡くした落葉の宮は、世をはかなんでこのまま出家してしまおうと考えていた。

そのことを察した夕霧はある夜、無理やり落葉の宮を都の一条邸に連れてくる策に出た。

落葉の宮は一条邸に連れてこられたものの、抵抗を試みた。

落葉の宮は柏木のことを思い出していたのだ。

柏木はそんなにたいした容貌でもなかったのに自分のことを美男だと思い込み、妻の落葉の宮のことをないがしろにしていたものだった。

なのに夕霧は本当に美しい。

しかし自分はもう容貌が衰えてしまっている。

夕霧はこんな自分で本当にいいと思っているのだろうか、と落葉の宮は考えるのであった。

そして契ってしまえばもう彼の愛も薄らいでいくと思える。

その一方で夫に死なれた哀れな女がこれ以上、自分をおとしめるような真似をするのもみじめなのではないかと、どこかでさめている。

夕霧の気持ちをつなぎ止め、自分を守るためにも決して結ばれてはならない、と落葉の宮は心を決め、塗籠《ぬりごめ》(5)に閉じこもり夕霧を寄せ付けなかったのである。

それなのに、何がいけなかったのか。

落葉の宮に夢中になった夕霧のことを雲居雁はもう信じられなくなっていた。

夕霧はその父である光君とは違い、幼なじみの自分と一途な恋を育ててきた。

どれほど愛しあったふたりであったろう。どんなことをしてでも結ばれようとした。

そしてふたりのあいだにはかけがえのない子どもがいるというのに。

普段から浮気者の男より、真面目な男が恋に狂ったほうがたちが悪いのだと思い、父の邸宅に帰ってしまった。

夕霧は何度も迎えをやり、戻ってくるように雲居雁を説得したが、雲居雁は頑として聞き入れようとはしなかった。

注

（1）**比叡山**　当時の信仰の中心。陰陽道では北東を鬼門と称して邪気の来る方角とし、これを防ぐために都の北東に比叡山を置いた。ちなみに、南西は裏鬼門となるので石清水八幡宮を置いた。

（2）**小野**　現在の地名には残っていないが、一乗寺から八瀬あたりをいうらしい。遣隋使の小野妹子、書家の小野道風もこの地の出身。「浅芽生《あさじう》の小野の篠原　忍ぶれどあまりてなどか人の恋しき」の歌でも有名。

（3）**律師**　僧正、僧都に次ぐ僧の位。

（4）手紙だけで翌日以降の訪れがないということは、女性側にとって大変屈辱的なことである。その手紙も遅く、内容にも誠意が感じられない。御息所の絶望ももっともである。261ページを参照。

（5）**塗籠**　母屋の納戸。14ページの絵を参照。本文には未掲載のエピソードだが、昔、光君は藤壺との密会の際、人に姿を見られそうになり、女房に塗籠に隠してもらったことがある。

四十……御法《みのり》

「御法」 仏の教え。死期の近い紫の上の、花散里との贈答歌の歌句から。互いの出会いに感謝し永久の縁を誓う。紫の上43歳。光君51歳。

紫の上はかねてから出家したいと考えていたが、光君に反対され、ずっと望みが果たせないままであった。四年前に一度、危篤になって持ち直したもののからだの調子は思わしくなく、私邸の二条院に引きこもったまま、自分の死期が近いのではないかと思い始めていた。出家はしないものの、紫の上は法華経千部(1)の供養をすることにした。帝や東宮、秋好中宮、そしてとうとう中宮になった明石の女御(2)からも寄進があり、二条院でそれはそれは盛大に行われた。

もう自分は長くないと思えばすべてが愛しく思われ、この供養に参列した花散里や明石の君と文を交わしたりした。

庭の草花もすべてが美しく懐かしく思われた。

子どもがない人生だったのが空しいと言えばそうだったが、死ぬことを考えればかえってこの世に対する執着が少なくて良いのではないか、とも紫の上は考えていた。

夏になり、ついに紫の上は起き上がることもできなくなってしまった。

事態を知った明石の中宮も、育ててくれた母親がわりの紫の上の様子が心配で里帰りしてきた。

紫の上はついに実の子どもを持てなかったが、明石の中宮やその子どもたちが愛しく、その成長を見守りたかった。

親王の中でとくに紫の上が可愛がっていたのは、やがて匂宮《におうみや》(3)と呼ばれる子だった。

その子を抱き締めて紫の上は、

「もし私が死んだら、思い出してくれますか」

と尋ねると、匂宮は、

「もちろんです。私は誰よりもおばあさまが好きなのですよ」

と返事をした。

その姿がいっそう愛しく思え、紫の上は涙をこぼした。

「大きくなったらこの二条院のお庭の紅梅と桜を大切にしてね」

紫の上は病床から手を伸ばし、匂宮の手を握ってそう言った。

光君は加持祈禱をさせ、紫の上のためにできることはすべてしたのだが、紫の上がかろうじて生きられたのは秋までだった(4)。

今度はもう物の怪の仕業ではなかったのである。

光君は、紫の上の出家を認めてやらなかったことを悔い、遅ればせながら僧に髪を下ろすように命じた。

紫の上が死んだあとも光君はその現実が信じられず、夜通し明かりをつけてその死顔を見つめ続けていた。

出会ったのはこの人がまだ子どものときだった、と光君はその頃のことを思い出していた。小さいのに感受性が豊かで、頭の良い、優しい子だった。

自分が不遇なときも、ひとりで邸を守ってくれたし、六条院を建ててからも、常に自分のことや人々のことを考え、立ちふるまってくれた。

自分はいったい何を求めてさ迷い続けていたのだろう、こんな大切なものが掌の中にあったというのに。

光君は紫の上を失ったことで、自分の人生そのものを失ったような気持ちになっていた。

その様子を見ていた夕霧も、父の悲しみように心を打たれた。

あの野分の日に紫の上を見て以来、その神々しいまでの姿を忘れられずにいた夕霧だったが、今、こうして亡くなった姿を見てもその変わらぬ美しさに驚いた。

髪はつやつやと美しく、肌も白く輝いて見え、生きているときよりもなおいっそうあでやかさが増しているのが信じられなかった。

せめて一度でもお声を聞きたかったと思うと涙があふれてくる。

夕霧が見ているのもかまわず(5)、光君もとめどもなく流れる涙を隠そうともしなかった。

野辺送りのときも弔問客は相次ぎ、泣いていない人間などいないほどで、今さらながらに紫の上の人徳が偲《しの》ばれる。

光君はまだ紫の上の死を受け止めることができず、あまりに悲しみが大きすぎて、ひとりで立っていることもできないくらいだった。

時間の経過もわからず、何が起こっているのかもわからない。もう何もかもがどうでもいいように思え、自分も一刻も早く出家したいと思うのだった。

とはいえ、こんな調子では仏の道の修行もままならないとも思われ、その落ち込みようは、法事も、夕霧がすべてを取り仕切ったほどだった。

光君は日々が過ぎて行くにつれて出家しようと思うのだが、それすらも気力がわかないくらいに打ちのめされていた。

注

（1）**法華経千部**　当時、お経といえば法華経であった。手分けして1000部の写本を作り、仏に供える。

（2）光君の3人の子についての占い（92ページ）は、これで2つ目が成就した。3つ目の「夕霧の太政大臣」も成就しそうだが、物語中には実現しない。

（3）**匂宮**　明石の中宮の第3皇子。薫君と同じく、のちの「宇治十帖」の主人公の一人。

（4）紫の上は8月14日の夜明けに亡くなった。享年43。

（5）たとえ亡くなっても、女性の姿は息子にさえ見せないものだった。

四十一……幻《まぼろし》

「幻」　冥界とこの世を自由に往来できるという中国の伝説の幻術士のこと。光君が紫の上を偲ぶ歌（注1）による。光君52歳。

年が明けて人々が年賀(2)に来ても、光君は弟の螢兵部卿宮以外の誰にも会わなかった。女君たちにも会わず、ただ紫の上を追慕し続けていた。

何を見ても紫の上を思い出し、何を見ても紫の上につながっているので、自分でもその感情を抑えることができなかったのである。

春になって、孫の匂宮も二条院の庭の紅梅が咲くのを喜び、紫の上の話をする(3)。庭には紫の上の愛した春の花々が咲き乱れ、美しく色づいているのも、なおいっそう光君を悲しくさせるのであった。

昔なじみの女房たちと紫の上の思い出話をしたりもしたが、それだけではやはり光君の心は癒えなかった。

女三の宮が降嫁したときに紫の上がどれほど苦しんでいたかを思うにつけ、光君は胸がふさがれる思いがした。

そんな身分の高い人がやって来るなんて、と失礼のないように見事に立ちふるまってくれた紫の上の胸の内をもっと理解してやるべきだった、と光君は自分を責めたりもした。

少し気持ちが落ち着いたときには女三の宮や明石の君のもとへ行く日もあったが、話していてもなぜか紫の上の思い出が込み上げて、いっそう悲しくなってしまう。

明石の君も出家を思いとどまるようにと光君を説得したが、その心を翻《ひるがえ》させることはできなかった。

自分は「恋」というものはたくさんし、その相手がたくさんいたのは間違いないが、「夫婦」という関係がきちんと結べた相手は紫の上だけだったのだ、というかけがえのない思いが今さらながら光君の心の中にふつふつと湧いてきた。

紫の上の死後、いろいろな人からの風の便りを聞き、紫の上のことを大切に思っていた人がこんなにたくさんいたなんて、と驚きもした。

今年も賀茂祭や七夕などの行事が続いたが、光君の心は相変わらず晴れなかった。

八月になり、紫の上の一周忌に、かねてより紫の上の願いだった極楽曼陀羅《まんだら》の供養を行うことにした。

この一年、どうやって生きてきたのか、光君は自分でもよくわからなかった。

ぼんやりとしているうちに長い長い時間が経ったような、紫の上が亡くなったのは昨日のことであっというまに過ぎ、そんな実感のない時間が流れた気がしていた。

九月の重陽《ちようよう》(4)や十一月の五節《ごせち》(5)も過ぎ、その年は空しく過ぎていったのだった。

年の暮れに、ついに光君は出家しようと心に決め、思い出の品を捨ててしまった。その中には紫の上からの愛のこもった手紙もあった。須磨に暮らす光君を心づかった手紙、明石の君とのことを妬いた手紙など、すべてが懐かしく愛しいものであったが、光君はそれを思い切って女房に破り捨てさせ、焼かせた。そんなものをいつまでも持っていては出家できないし、紫の上の気持ちは自分の中に取り込んだような思いだったからである。

年末に行われた仏名会《ぶつみようえ》(6)で、光君は紫の上の死後、初めて人々の前に姿を現した。その美しさは相変わらずで、やはり輝き光るようだったので、僧侶たちはありがたさに涙を流したものであった。

光君は可愛いさかりの孫の匂宮の姿を見ながら、もうこの世で会うことはないのだろう、と思った。

人々が光君の姿を見たのはこれが最後となった(7)。

注

(1)「大空を通う幻夢にだに　見えこぬ魂《たま》の行方《ゆくえ》尋ねよ」。50年前、ほぼこれと同じ内容の歌を桐壺更衣を失った桐壺帝が詠んでいる「尋ね行く幻もがな　つてにても魂のありかをそこと知るべく」(幻術士がいてくれたら……。自分が直接でなくても、あの人の魂のありかを知るべく飛んで行ってもらうのだが)。ともに生涯でもっとも愛した人を悼む歌である。紫式部はこの2首を物語の冒頭と光源氏の最後のシーンに置いた。幻術士のエピソードは「宿木」の巻でも取り上げられている(236ページ)。

(2)当時の服喪期間は、妻が亡くなった場合は3ヵ月(夫の場合は1年)。年始客があっても不思議ではない。

(3)明石の中宮は紫の上の没後、宮中へ帰ったが、光君の慰みのため、匂宮を置いていった。

(4)**重陽**　節句の一つ。陽の数字9が重なる日。9月9日。なお、3月3日、5月5日は日本にも定着した節句。重陽には菊にちなむ催しが行われる。

(5)**五節**　126ページの注6を参照。

(6)**仏名会**　12月19日から3日間、過去、現在、未来の三世の3000の仏の名を唱え、その年の罪の消滅を祈る儀式。室町時代まで続いた。

(7)光君は数年間(おそらく大覚寺あたりで)出家生活を送ったあと亡くなった。「もの思うと過ぐる月日も知らぬ間に　年もわが世も今日や尽きぬる」という歌が巻の最後に置かれる。昔の頭の中将、鬚黒も同じころ亡くなったらしい。

雲《くも》隠《がくれ》

本文はなく巻名のみが伝わっている。光君の死を暗示していることは確かだが、紫式部の意向か、のちの人の処理か、事情はいっさい不明。

四十二……匂宮《におうみや》

［匂宮］ 光君の死後、それに代わる人はいないが、匂宮、薫君が「匂う兵部卿、薫る中将」ともてはやされている、とあることから。匂宮15〜21歳。薫君14〜20歳。

光君《ひかるぎみ》亡きあと、女君たちは明石の君を除いて六条院を後にした。女三の宮は父院から受け継いだ三条宮へ移り、花散里は二条東院を相続したのでそちらに移った。明石の中宮はふだんは宮中にいる。

このままでは六条院はさびれる一方だと、夕霧は落葉の宮を夏の御殿に入れた。そして律儀にも雲居雁のところと一日おきに通っている。

紫の上が可愛がっていた匂宮《におうみや》は、紫の上の遺言どおり二条院を守っている。十五歳になり、兵部卿に任じられていた。

そして女三の宮と柏木の不義の子である薫君《かおるぎみ》は右近中将《うこんのちゅうじょう》(1)を務めている。

薫君は三条宮で母の女三の宮と暮らしていたが、どうして母は自分を産んだとたんに出家したのだろうか、と考えると不思議だったこともあり、なんとなく自分の出生に疑問を感じていた。

初めての子どもを産んだときの女性というのは嬉しさの真っただ中にいるのではないかと思わ

れるのに、母はいったい何を考えていたのだろう、と薫君は思ったが、それを尋ねる相手もいない。

そんなこともあって薫君は俗世にそれほどの関心がなく、どちらかといえば仏門に進みたいと、物思いにふけることの多い青年に育っていたのである。

しかし彼は生まれながらにからだから芳香を発するという特異体質で、遠くにいる人にも風に乗って芳香が漂ってくるし、お忍びで立ち寄るところにもその匂いが残るので、すぐに薫君だ、と周りの人にわかると大評判だった。

その薫君に、一つ年上ながらいつも対抗意識を持っている匂宮も、いろいろな香を薫《た》き染《し》め、よい匂いをさせている。庭の花でも香りのあるものを愛《め》で、香りのしない花はどんなに美しくても匂宮は目をかけないのだった。

世間では彼らのことを「匂う兵部卿、薫る中将(2)」と呼び、大人気のふたりだったが、こと女性に関しては考えはまったく違っていた。

匂宮は女性好きだったが、薫君は仏道修行の妨げになると女性に強い執着を持たなかった(3)。

夕霧右大臣は、自分の六の君(4)を、匂宮か薫君と結婚させたいものだ、と考えていた。

注

(1) **右近中将**　「中将」は近衛府《このえふ》(内裏を警護する)の次官。近衛府には左右あって、右近衛府はその一方。従四位下に相当。このとき薫君14歳。薫君は19歳で三位の宰相(参議)となり、政治の重要事項を決定する一員となった。光君を超えるスピード出世である。

(2) 原典では匂宮は主に「兵部卿宮」と書かれ、薫君は例によって昇進で呼び名が変わるが、本書では光君と同様、最後まで「匂宮」「薫君」で通している。

(3) その薫君でさえ、女房たちとは男女の関わりを持っている。女房は尊重すべき対象ではなかった。

(4) **六の君**　6番目の姫君。

四十三……紅梅《こうばい》

「紅梅」 按察大納言が、中の君（次女）を匂宮にもらってもらおうと、紅梅を添えて歌を贈ったことから。真木柱46〜47歳。匂宮25歳。按察大納言の中の君23歳。

かつて玉鬘《たまかずら》と結婚した鬚黒大将《ひげくろのたいしょう》には先妻とのあいだに真木柱《まきばしら》という娘がいた。真木柱は母親とともに鬚黒大将の邸を出ていったが、その後、光君の弟、螢《ほたる》兵部卿宮と結婚して娘を産んだ。

その螢兵部卿宮が亡くなると、真木柱は亡き柏木の弟である按察《あぜち》(1)大納言《だいなごん》と再婚した。大納言には前妻とのあいだに娘がふたりいた。真木柱にも宮の姫君という連れ子がいる。そして新たに男の子に恵まれた。

複雑な家庭だったが、平穏に暮らしていた。

姉の大君《おおいぎみ》(2)は東宮の妃になったが、次女の中《なか》の君《きみ》(2)はまだ親元にいた。按察大納言はこの中の君を、光君の再来と謳われる匂宮となんとか結婚させたいと考えていたので、咲いた庭の紅梅の枝を添えて(3)、中の君をもらっていただけないだろうか、と手紙を書いた。

匂宮はじつは中の君よりも、真木柱の連れ子である宮の姫君に興味があった。

そこで宮の姫君にそれとなく手紙を送ったりもしたのだが、宮の姫君にはその気はなく、つれないままである。

真木柱は宮の姫君に、

「匂宮に求められるなんて、どんなに名誉なことなのかわかっているのですか」

と言ったりもするのだが、娘はうなずきはしない。

自分は将来、尼にでもなろう、と人見知りがちな宮の姫君は考えているのであった。

真木柱も、匂宮が宇治あたりの姫君(4)にも求愛しているという話を聞いていたので、手紙を本気にはできない気持ちがあった。

それでもこんなにもったいない話はない、と宮の姫君になり代わって匂宮に手紙を送ったりしていた。

注

(1) **按察** 地方官吏の仕事をチェックし民情を視察する官。ただし形骸化しており、大納言の兼任となっている。
(2) **大君・中の君** それぞれ長女、次女の意。
(3) 手紙には必ず何かを添える習慣があった。
(4) 源氏物語の掉尾を飾るエピソード「宇治の姫君たちの物語」が始まった時期を先取りして書いており、これからこの物語が始まることを周到に予告している。

四十四……竹河《たけかわ》

「竹河」 薫君が玉鬘邸を訪ねた折り、酒を飲んでばかりいた玉鬘の三男（藤侍従）に「竹河」という催馬楽を謡わせたことから。玉鬘、大君の冷泉院出仕時に48～49歳。

玉鬘は鬚黒大将の子どもを五人産んだが、鬚黒は太政大臣の位を極めたのち、あっさりと死んでしまった。

三人の男の子の行く末も心配だったが、生前の鬚黒大将が何より気にかけていたのは娘ふたりの身の振り方である。

長女（大君）も次女（中の君(1)）も美しかったが、とくに大君の美貌は評判が高く、今上帝からも冷泉院からも求愛されていた。

結局、玉鬘は、二十数年前、大原野への行幸(2)の日に見かけて以来憧れ続けた、そして自分を求めてくれた冷泉院に大君を差し出すことに決めた。

大君は翌春に女の子を出産し、五年後には男の子も産んだので、院の中の女性たちの嫉妬をかう。

冷泉院には先に女一の宮という子どももあったのだが、どうしても大君の産んだ子を可愛がってしまうことが多かったために、大君も嫉妬されたりいじめられたりしたのだ。

玉鬘は娘が苦労しているのを見るうちに、光君の子息として世に重んじられている薫君とでも結婚させればこんなに苦労しなくてもすんだのにと、この結婚を後悔したりするのだった。

そして玉鬘は、大君を得られずにご不興だった今上帝には、中の君を嫁がせることにした。

玉鬘自身、かつて尚侍《ないしのかみ》という立派な立場で冷泉帝に迎えられながら鬚黒に引き取られ、気まずい思いをしてきただけに、ようやく娘に尚侍を譲ることができて、肩の荷を下ろせた（3）。

注

（1）大君19歳。中の君18歳。もちろん、前の巻の「紅梅」の2人とは別人である。
（2）冷泉院の大原野行幸は149ページ。
（3）この巻は、玉鬘が結婚したころにさかのぼり、また5年以上先に飛ぶ。時間経過がわかりにくいが、前の「紅梅」の巻と同様、これ以降発展しない。ともに紫式部の真作か不審を持つ研究者もいる。また、この巻には夕霧と雲居雁との息子の蔵人少将が玉鬘の大君に懸想するエピソードがあるが、本書では省略した。

四十五……橋姫《はしひめ》

「橋姫」 宇治橋を守る女神のこと。宇治を訪れた薫君が大君に贈った歌「橋姫の心を汲みて高瀬さす棹《さお》の雫《しずく》に袖ぞ濡れぬる」から。薫君20〜22歳。

亡くなった桐壺院の八番目の皇子は、かつて政争(1)に巻き込まれ、高い身分ながら不遇の人生を送っていた。

この八の宮にはふたりの娘があった。八の宮の北の方は下の娘を産んですぐに死んでしまったので、宮は苦労しながら娘たちを育てたのだった。

都の邸が火事で全焼するという不幸にも見舞われ、八の宮は宇治(2)の別荘に暮らし、世を忍ぶ生活をしていた。

その山荘(3)の近くに阿闍梨《あじゃり》(4)がいた。たび重なる不幸によって厭世観の強くなった八の宮も仏教の修行をしていたのである。

やはり厭世観の強かった薫君も仏教に関心があったので、八の宮の暮らしぶりに少なからず興味を持ち、ときどき宇治に通うようになった。

はたから見ていると誰からも羨まれるような薫君ではあったが、自分の生まれに疑念を持っていることもあって、やはりこの世をはかないものだと感じていた。

八の宮も、若いのに浮ついたところのない薫君のことを頼もしい青年だと思っていた。同じく信仰を篤くしていたふたりは親しく交流し、そうこうしているうちに月日は流れ、やがて三年という時間が過ぎた。

ある秋の日、薫君が宇治の山荘に近づくと、美しい音色が聞こえてきた。薫君が音のするほうの透垣《すいがい》(5)の戸を少し押し開けて覗き込むと、そこには八の宮のふたりの娘がいて、琵琶《びわ》と箏《そう》の合奏をしていたのである。

薫君は信じられないものを見た、と思った。とても美しく可愛らしい姉妹が仲良くほほ笑んでいる。奥にいるほうの姫君は琵琶を前に置いて撥《ばち》をもてあそんでいた。そのとき月が急に雲の間から現れたので、

「この撥で月を招き寄せられたわね」

などと言ってほほ笑む姿はとても愛らしい。箏の上に身をさしかけた姫君は、姉なのだろうか、落ち着いた様子でこれもまた美貌であった。心なしか、妹よりも優雅で上品に思われた。

その日、八の宮は不在だったが、薫君は姉妹に近づき、御簾越しに挨拶をする(6)。しかし姉妹は恥ずかしがるばかり。ようやく大君《おおいぎみ》が奥床しいたしなみを漂わせながら返事を

した。

さっき見た光景を夢か何かの物語のように感じていた薫君は、その声が胸に響き、この大君のことが忘れられなくなってしまった。


八の宮の邸にはひとりの老女がいた。

弁《べん》と呼ばれるこの女房は、柏木の乳母《めのと》を務めていた人の子だといい、薫君に何かを伝えたそうにしている。

気になった薫君が話を聞こうとすると、

「じつは、薫君さまにお伝えしなくてはならないことがございます」

と言う。

薫君は是非ともそれを聞きたかったが、その夜は邸の主の八の宮もおられないことなので、気になりながらもその場を辞した。

都に戻ったあとも、薫君は美しかったあの宇治の姉妹、ことに大君が片時も忘れられない。

匂宮にもこの姉妹の話をすると、匂宮は、日ごろからあまり女性に興味を持たない薫君がこれほどまでに夢中になっているということは、よほどの美しい姉妹に違いないと思い、自分も宇治に行きたいものだと思う。

十月になって再び宇治の山荘を訪れた(7)薫君に、八の宮は、

「私にもしものことがあったら、姉妹のことはよろしくお願いします」

と頼んだ。

薫君はそれを嬉しく感じたが、自分はやはり出家などできない男だったのだとも思い知らされる。

その明け方、老女の弁からたくさんの古い手紙を渡されて薫君は驚いた。それには母の女三の宮にあてた柏木からの恋文や女三の宮の返事なども入っていた(8)からである。

自分はやはり母と光君との子どもではなく、母と柏木とのあいだにできた子どもだったのか。予感していたこととはいえ、生々しい証拠を前に、さすがに薫君はうろたえた。

しかし合点がいったこともある。

どうして母は自分を産んですぐに若い身空で出家しなくてはならなかったのか、ということや、自分は亡くなった光君にそれほど似ていないのではないか、と考えていたことなどである。

不義の子である、ということに薫君は複雑な感情を抱いたが、父である柏木の書いた手紙は心を打つものであった。

自分の父が命を懸けた恋をした、ということだけは薫君にも痛いほどわかった。

「薫の将来が気にかかりますが、光君が父親ということになっているので、そのことを思えば何

の心配もありません。私が長生きすればあの子の成長も見守れただろうに」

と自分の将来も心配してくれている今は亡き父の手紙を見て、薫君は感激もひとしおだった。

しかし内容が内容だけに、このことは誰にも知られてはなるまい(9)、と思うのだった。

注

(1) 朱雀帝の時代に、その母で光君らを嫌った弘徽殿大后が、当時東宮だった冷泉院を廃し、代わりに光君の異母弟であるこの八の宮を立てようとしたことがあった。しかし光君の復活で、八の宮は居場所を失ってしまう。

(2) **宇治** 初瀬詣での中継点であった。貴族が別荘を持つ風光明媚な地ではあったが、「世をうじ山と人は言うなり」(喜撰法師)の歌から「宇治」は「憂し」との印象も持たれていた。

(3) 山荘といっても、それなりに立派な建物であろうし、少ないながら女房たちもいた。

(4) **阿闍梨** 弟子を指導し経文を教える高僧で、律師に次ぐ位。

(5) **透垣** 板や竹で間を透かして作る垣根。

(6) このころ大君24歳、中の君は薫君と同じ22歳。

(7) 都から宇治までは馬と徒歩で通った。少ないがお供も連れていく。片道5~6時間か?

(8) 秘密の手紙はおそらく柏木の乳母が厳重に管理していたのであろう。そして亡くなる前に娘・弁に託したと思われる。薫君に渡したのは弁の判断である。

(9) 薫君はこの後、母・女三の宮を訪れるが、もちろん何も言い出せない。何かを知っている気振りさえ見せまいと薫君は思う。他にこの秘密を知っている可能性を持つのは、こうした逢引は女房同士の連携が必須ゆえ女三の宮の女房のみだが、その人ももう亡くなっている。

四十六……椎本《しいがもと》

「椎本」 椎の木の根元の意。八の宮を暗示している。薫君の追悼歌「立ち寄らむ蔭と頼みし椎が本　むなしき床《とこ》になりにけるかな」（注1）から。薫君23〜24歳。

年が明けて匂宮は初瀬に出かけることになった。

しかし本当の目的は初瀬参詣ではなく、途中の宇治で一泊して、薫君が言っていた八の宮のところの美貌の姉妹に会ってみたいということだった。

初瀬からの帰りに、匂宮は宇治にある夕霧の別邸(2)で一泊することにした。

そこには薫君が来ていて、管絃の遊びなどをして大いに盛り上がったのだった。

その楽しげな音は宇治の川風に乗って八の宮の山荘にも聞こえてきたので、八の宮は薫君に手紙を書いた。

その返事を匂宮が代筆したのが縁となって、匂宮と中の君《なかのきみ》の手紙のやりとりが始まった。

身分の高い人からの手紙なのだからちゃんと返事を書くべきだ、と父の八の宮が言うので中の君が書いたのがきっかけだが、姉の大君は思慮深く、自分の身の程をわきまえていて、そういうことに興味を持たなかった。

八の宮は高齢で、からだの調子が悪く、だんだん自分の死期を悟るようになってきていた。仏道に励んでいるその心に迷いはなかったが、娘たちの将来が気になり、

「この人こそは、と思える相手が出てこない場合は山を下りずにこの山荘で一生を終えなさい。頼れる相手でもないのに口車に乗って山を下りたりしてはいけないのだよ。いつでも皇族としての誇りを決して忘れないように」

と言っていたが、薫君にはあらためて娘たちの今後を託したのだった。

そしてほどなく八の宮は、阿闍梨の山寺にこもり、そのまま亡くなった(3)。

娘たちは衝撃を受け、とにかく父親のもとに行きたい、それが許されないのだったらせめて父の遺体を一目見たい、と阿闍梨に願い出たが、それすらも聞き入れられなかった。

そんな姉妹の悲しみを辛抱強く支えたのは薫君だった。

八の宮に娘たちのことを頼まれたのもあるし、自分が大君の美しさに心ひかれたのもあったが、薫君は葬儀の段取りや法事までいっさいを取り仕切って姉妹のために尽くしたのであった。

年末になってまた宇治を訪れた薫君は、大君に自分の思いをほのめかすとともに、中の君への匂宮の思いも伝えるのだが、大君からは良い返事は得られなかった。

それでも匂宮は相変わらず中の君と便りは交わしていた。

頼るものもなくなってしまった姉妹だから、自分を頼りにしてくれたらどんなにいいことだろう、と思う薫君の心をよそに、大君は深く思いに沈んでいる様子だった。

そのころ、薫君が住んでいた三条の邸宅が火災にあったので、六条院に引っ越しなどをしているうちに日々が経ってしまった。

その次に薫君が宇治を訪れたのは夏になってからのことだった。

姉妹は相変わらず仲が良く、美しい夏の喪の姿を盗み見た薫君はあらためて胸をときめかせたのだった。

注

（1）「椎の木の木陰に身を寄せるように、自分が出家したら仏道の師として頼むつもりだった八の宮は亡くなってしまい、お部屋もがらんとしてしまった」。山荘の庭にシイノキがあったのだろう。
（2）この別邸は平等院がモデルと言われる。ただし、10円硬貨で有名な鳳凰堂《ほうおうどう》は、この時点ではまだできていない。
（3）八の宮の没年は60歳前後。61歳ならば厄年である。

四十七……総角《あげまき》

「総角」 ひもの結び方。八の宮の一周忌法要の仏壇に供える香の糸飾りによせて、薫が詠んだ歌から。薫君24歳。大君26歳。

秋になって八の宮の一周忌が近づいていた。姉妹は父を亡くした寂しさをいたわりあいながら暮らしていた。

薫君は仏前に供える香の飾り糸の総角《あげまき》結びという言葉にかけて自分の思いを歌(1)にして大君に送ったりしたのだが、相変わらず大君からは色よい返事がもらえなかった。

大君は生涯独身を貫き、父の遺言どおりこの宇治で一生を終える覚悟をしていたが、噂の多い匂宮と妹の中の君の縁はあまり良いものとは考えておらず、できたら薫君こそが妹の夫となってくれないものかと思っていたのである。

しかし薫君は御簾を隔てて大君と話しているうちにたまらなくなって、無理やり御簾の中に入って行った。

大君はすぐに屏風の後ろに隠れたが、薫君は大君に近づいて顔を見た。

そばで見ると思っていたよりもなおいっそうの美しさだった。

しかし、

「父の喪中ですのに、なんということをなさるのですか」

と言ってあくまでも薫君を拒否しようとする。

喪中だと言われればそれほど強く迫るわけにもいかず、

「何もしません。しなくてもよいのです。ただふたりで同じ時を過ごし、同じ月を見ていたいのです」

と言って、夜明けを迎えたのだった。

その態度を考えるにつけても薫君のことを立派で優しい人だと確信した大君は、こんなにすばらしい方の相手は、やはり私ではなくて中の君のほうがふさわしい、と思う。

大君は自分のからだが弱いことでも悩んでいたし、姉として親のような気持ちで妹の中の君の幸福を考えるようになっている。

それは悲しい決心であったが、妹の幸福を本気で願う大君の心に迷いはなかった。

そんな大君の気持ちがよくわからない薫君は、八の宮の一周忌が終わったころ、また宇治を訪れた。

しかし大君は会おうともしてくれない。

業を煮やした薫君は弁の手引き(2)で強引に大君の寝所に入ってしまう。

妹と一緒に眠っていた大君だったが、薫君の気配と香りを感じて、すんでのところで逃げ出した。

そこに眠っている女を大君だと思った薫君は声をかけて起こしてみた。

薫君はその中の君の風情にも魅力を感じたが、こんなふうに中の君と関係を持ち、大君にやはりそんな軽い気持ちだったのだ、と思われては困ると、中の君と話をしただけだった。

「人違いなのですよ」

と優しい声で語る薫君に、最初は恐怖感を抱いていた中の君もだんだん打ち解けて話をするようになったのだった(3)。


都に戻った薫君は、匂宮に中の君の魅力を説いた。

「では、自分を宇治に連れて行ってくれないか」

もともと手紙のやりとりで中の君にひかれている匂宮はついに出かけることにした。

薫君は、大君の願いは自分と中の君との仲がうまくいくことだと知っていたが、匂宮と中の君が結びついてしまえば、大君もあきらめて自分とうまくいくのではないか、と考えていた。

彼岸が明けた日、薫君は匂宮を宇治に案内した。

そして匂宮は、薫君の手引きで彼に成りすまして中の君の寝所へ忍び込み、強引に関係を持ったのである。

翌日、中の君は辱められた我が身の不幸を嘆き、悲しんだ。

このことを聞いた大君は驚き、薫君を責めずにはいられなかった。

大君としてはどうしても薫君が中の君と一緒になって中の君のことを幸福にして欲しかったのだ。

そんな大君に薫君は、

「どうか私に心を砕いてください」

と懇願するのだが、大君はなかなかうんとは言わなかった。


念願の中の君と関係を持ったものの、匂宮は身分の高さもあっておいそれと宇治には通えない。

しかしそうした困難を乗り越えて、結婚の体裁を整えるために三日間は必死に通った。

匂宮の母の明石の中宮は、そんな匂宮の様子をおかしいと思い、何かと理由をつけて宇治へ行かせないようにするのだった。

そこで匂宮は秋に紅葉狩りを宇治で催すことにし、そのときに中の君のもとに通おうと考えた。

しかしすぐにそれと察した明石の中宮が大勢のお付きの者をよこしたので大事になってしまい、匂宮は結局、宇治の山荘に寄るのを断念したのであった。

匂宮の一行が近くまで来ていることは、もちろん山荘にも聞こえて来ていた。

しかしいっこうに匂宮がやって来ないので、大君は胸をかきむしられる思いで悲しんだ。

やはり匂宮という人は噂どおりの浮気者だったのだ、中の君のことを心配するあまりに何も食べられなくなり、大君はついに寝込んでしまった。

匂宮の行動を怪しんだ帝(4)は、その理由が宇治の姫君のためだと知り、機嫌をそこね、強引に匂宮の結婚話を進めてしまった。

相手は夕霧の六の姫だった。

匂宮は乗り気ではなかったが、父帝の言うことなので逆らえるわけもなかった。

匂宮の縁談の噂が耳に入ってしまった大君は、やはり妹の中の君とのことは遊びだったのだと衝撃を受け、こんなことなら父の遺言どおり姉妹だけで仲良くひっそりと暮らしていけばよかった、と後悔し、なおいっそう病が重くなってしまう。

そのころ、大君の病気のことを聞いた薫君はあわてて宇治の山荘に向かうが、大君は薫君の問いかけに返事をするのがやっとだった。

薫君は精いっぱいの看病をするが、もともとからだの弱かった大君の病状はいっこうに良くならず、やがて荒れ狂う吹雪の夜、薫君に看取られて息を引き取った(5)。

大君の死が信じられなかった薫君はそのまま宇治を離れることができず、四十九日忌が終わるまで居続けた。

匂宮はある雪の日に、ようやく口実を作り、やっとの思いで宇治に弔問に訪れた。

中の君にお悔やみを言おうとするが、中の君はそれを受け付けない。姉が死んだ原因は、匂宮の自分に対するいい加減な態度にある、と思っていたからだ。

一方、明石の中宮は、真面目で噂の少ない薫君までもがそんなに熱心に通っていたと話を聞くに及び、宇治の姉妹というのはよっぽど魅力的なのだと思った。そうならば匂宮の態度も無理からぬことだと思い直し、結局、中の君を二条院に呼び寄せることを認めたのだった。

注

(1)「あげまきに長き契りを結びこめ　同じ所によりもあわなん」。催馬楽「総角」による歌。

(2) ここでも陰でお膳立てをしているのは弁たち女房である。彼女たちは、自分たちの生活を守るために、女主人をいいスポンサーに結び付けようとする。

(3) このエピソードは、空蟬が軒端荻と入れ代わった事件を想起させる。紫式部は、こういう場合でもすることはしてしまう光君と、道心からとはいえ自らを律する薫君を書き分けている。

(4) 女三の宮の猫を柏木に貸してくれた東宮が帝になっている。天皇としての名はない。源氏物語の最後の天皇である。

(5) 大君は死の床で受戒を望むが、女房たちに止められてしまい、出家による救いも受けられないままにこの世を去る。

四十八……早蕨《さわらび》

「早蕨」　ワラビを贈ってくれた阿闍梨への、父宮を偲ぶ中の君の返歌「この春は誰にか見せん　亡き人の形見に摘める峰の早蕨」から。匂宮26歳。中の君25歳。

匂宮は中の君を二条院に迎える準備をしていた。あまりに豪華に飾り付けているので女房たちは、さぞかし美しい姫君がやってくるのではないか、と噂をするのだった。

それを見るにつけても薫君は自分が中の君を迎えるべきだったのではないかと後悔していた。中の君を見ていると大君のことが思い出されたし、大君の思い出をしみじみと語り合えるのは中の君しかいなかったからである。

しかし中の君が二条院に来るのは二月の初めということに決定してしまったので、薫君としてはあきらめるしかなかった。

宇治を離れることが決まった中の君のもとを、かねてから親しかった阿闍梨が新年の挨拶に早《さ》蕨《わらび》(1)や土筆《つくし》を持って訪ねて来てくれた。

中の君はこの人里離れた宇治を愛していたので、感慨無量で残り少ない日々を過ごしていた。

もしかしたらいつか戻ってくるかもしれない、と不吉なことを考えたりもした。

父や姉と水入らずで過ごした静かで落ち着いた日々が今では夢のように感じられる。姉とは格別に仲が良く、歌を詠むときでもどちらかが詠んだ上の句に、もうひとりが下の句をつけて遊んだりしたことも懐かしく思い出された。

しかし後ろ盾のない自分が生きていけるのはもう匂宮のもとでしかないのだ、と中の君は感じた。


娘の六の君と匂宮との結婚を二月と考えていた夕霧は、同じころに宇治から中の君が来るというので気を悪くしていた。

夕霧は、そんなに匂宮が六の君との結婚を望んでいないのだとしたら、いっそのこと姫君を薫君にもらってもらおうか、とも考えたが、薫君からはやんわりと断りの返事が来た。

薫君は大君の死からまだ立ち直ることができず、そんなことをあらためて考えることができなかったからである。


中の君が上京すると、匂宮はことあるごとに二条院の彼女のもとを訪れ、何かにつけて大切に扱うようにしていた。

中の君も、そういう匂宮にだんだん心を開くようになった。

そんな仲睦まじいふたりのことを陰ながら見守っていた薫君は、とてもよいことだと思いながらも、どこかしら嫉妬心を感じていた。

恋心というものではなかったが、中の君は亡き姉の思い出などを薫君と語らうことを楽しみにしていたのは事実だった。

そしてそういうふたりのことを匂宮はなんとなく気にかけていた。

中の君は匂宮の誤解が解ければいいが、と気に病んでいた。

注

（1）**早蕨**　芽を出したばかりのワラビ。

四十九……宿木《やどりぎ》

「宿木」 寄生植物。ここではツタ。昔を偲ぶ薫君の詠唱「宿りきと思い出でずば木《こ》のもとの 旅寝もいかに寂しからまし」（注1）などから。薫君24〜26歳。

匂宮の縁談の噂は中の君を打ちのめした。

都に来てから思っていた以上に温かく迎えてくれ、お言葉を信じて宇治を離れてよかったと胸をなで下ろしていたところなのに、何もおっしゃらずに、別の縁談を、それも自分とは比べものにならない身分の方と進めていたなんて……やはり父の遺言や姉の戒めを守らなかった罰《ばち》が当たるのだ、と中の君は落ち込んだ。

そんな面やつれした中の君のお見舞いをする薫君は、ますます大君にそっくりになってきた、と中の君を見ながら思った。

中の君の嘆きを聞いてやり、励ましたりもしながら、こんなことなら恋愛感情ぬきで自分が中の君を引き取り、大君の代わりとして大切にすればよかった、と薫君は後悔するのだった。

しかし薫君は気づかなかった。中の君の面やつれのもう一つの原因に。

このころ中の君は匂宮の子を身ごもっていたのだ。

一方、匂宮は気が進まない結婚ではあったが、一度、六の君に会ったとたん、その明るく美しい魅力にひきつけられたのだった。

通っているうち、だんだん六の君に夢中になり、中の君のことはおろそかになりつつあった。

中の君はそんなつらさを薫君に訴え、

「いっそのこと宇治へ戻らせてください」

と頼むのだった。

悲しみに沈む中の君のことを哀れにも愛しくも思った薫君は、思わず御簾の下から手を伸ばした。そして中の君の袖をつかまえてからだを引き寄せたとたんに、中の君の腹帯《はらおび》(2)が見えてしまった。

こうして薫君は中の君の妊娠を知って思いとどまった。

ふたりはやはり何ごともないままの関係を保ち続けるのだった。

しかし久しぶりに二条院に戻って来た匂宮は、中の君の着物に薫君の芳香が移っているのを怪しむ。

そして中の君に、

「もしかして薫君と何かあったのではないだろうね？」

と詰問するのだった。

中の君は匂宮の言葉が情けなく、冷たいものに感じられて涙を流して否定した。

そんな中の君の態度を見ているうちに匂宮は中の君が愛しくなり、自分の最初の子どもを産もうとしているこの女君をもっと大切にしようと考えるのだった。

匂宮の愛が戻ってくると、中の君は薫君の気持ちが負担になってくる。

中の君のそんな気持ちの変化に気づかず、薫君は今日も匂宮が留守であることを確かめて中の君を訪ねた。

「私はお姉さまの大君のことが今も忘れられないのですよ。宇治に行って大君の人形《ひとがた》(3)でも作って過ごしたいくらいです」

そう言う薫君の言葉に、中の君は突然、思い出したように言った。

「人形といえばお姉さまにそっくりな(4)、腹違いの妹が私たちにはいたのです」

それは八の宮がある女房に産ませた日陰の立場の姫のことらしい。

「このあいだ私のもとを訪ねて来たのですが、不思議なくらいお姉さまに似ていました。赤の他人ではないのですが、突然、親しくするわけにもいきませんし」

などという中の君の言葉に薫君は心ひかれたが、なかなかそのままを信じられなかった。

九月の半ばに薫君は、八の宮と大君との菩提を弔うために宇治にやってきた。

ここに御堂(5)を建立したい、と考えていたのである。

そのとき、今は出家して尼となった弁に再会する。

薫君は弁の尼君に、大君にそっくりな腹違いの妹のことをそれとなく尋ねてみた。

弁の尼君の話によると、それは八の宮と中将の君《ちゅうじょうのきみ》(6)という女房とのあいだにできた子で、女房は八の宮に追われるようにして去り、その後、常陸介《ひたちのすけ》(7)の妻になっている。それが最近、また都に出て来ているという噂がある、とのことだった。

ところで、薫君が宇治の大君に夢中になっていたころ、今上帝は女二の宮を薫君のところへ降嫁させようと考えていた。

女二の宮は母の女御を亡くし、これといった後見もないため、人間的にしっかりとした薫君と一緒にさせようと考えていたのである。

しかし薫君は大君のことで頭がいっぱいでそれどころではなく、曖昧な返事を続けていた。

とはいえ大君も亡くなってしまったうえに、帝から娘をと言われれば、時間稼ぎにも限界があるというものだった。

翌年二月に、中の君は男の子を産んだ。

帝も明石の中宮も大喜びだった。

その月の半ばに女二の宮の裳着の儀が執り行われ、翌日から薫君は三日間宮中に通い、結婚した。

しかし女二の宮のことを好きにはなれなかったうえに宮中通いは気が重かった。

薫君は女二の宮を自分の住む三条宮に迎えることにした。

ある初夏の一日、宮中では、女二の宮を送る藤の花の宴(8)が行われ、そこで夕霧は薫君に、柏木の形見の横笛を吹かせたのだった。


夏に宇治を訪れた薫君は、偶然にも、大君に生き写しと言われる浮舟《うきふね》に出会った。浮舟は初瀬詣での帰りに、亡き八の宮の墓参りに宇治の山荘に立ち寄ったのである。

薫君は浮舟を見たとたんに息を呑んだ。

その姿は「大君に生き写し」といったような生易しいものではなく、まるでそこに大君が生き返って座っているように見えた。

「大君、あなたはいったい今までどこにおられたのですか?」

と駆け寄って声をかけたいような衝動に駆られたりもした。

どうしてこんな人がいたのに今まで探しもしなかったのだろう、本当にうかつだった、と反省し、唐の玄宗皇帝が亡き楊貴妃の魂を求めて蓬莱山《ほうらいさん》まで幻術士《まぼろし》(9)をやった、という話を思い出した。

そして何があっても浮舟を手に入れたい、と思うのだった。

注

（1）歌意は「昔、ここ（宇治）に宿（とま）ったことがあるなあ、とでも思わなければ、こんな深い山中の木のもとでの旅寝はどんなに寂しいことだろう」。

（2）**腹帯**　妊婦用。肌に直接着けたかどうか不明だが、当時の着物には紐が少なく比較的簡単に肌があらわになった可能性がある。どちらにせよ薫君は鼻白み、また中の君を辱めたことにも気づいたろう。

（3）**人形**　図像や彫像。ここでは大君を思い起こさせる仏像の意味であろう。薫君は大君が亡くなったとき、遺体を「虫の脱け殻のように」このままにしておきたい、と言っている。

（4）「好きな女性に似た人」というのは源氏物語のライトモチーフの一つ。50ページの注8を参照。

（5）宇治の山荘を解体して部材を阿闍梨の山寺に運び、御堂を建てるという計画。

（6）**中将の君**　夫または父が中将ということから。

（7）末摘花の父の常陸宮（51ページ）、常陸介となった空蝉の夫・伊予介（101ページ）らとは、もちろん別人。

（8）内親王が宮中から出ていくことは異例。薫君への帝の信任がいかに厚いかがわかる。そもそも帝の在位中に内親王を降嫁させること自体が特別で、光君でさえ女三の宮をもらったのは帝の退位後であった。女二の宮への歓送会である藤の花の宴が薫君の人生最良の時というゆえんである。宴が行われたのは女二の宮が住んだ藤壺。

（9）**幻術士**　205ページの注1を参照。幻術士は、亡くなった楊貴妃に蓬萊山（仙人が住むという中国の伝説の山）で会ってきたというだけでは玄宗皇帝に信用されまいと、証拠に楊貴妃の簪《かんざし》をもらってくる。さらに楊貴妃が皇帝と交わした会話も聞いてくる。「2人しか知らないことを知っているのが証拠」という考えを紫式部は、光君と六条御息所の物の怪との対決で使っている。182ページの注8を参照。

五十……東屋《あずまや》

「東屋」 公園の築山などにある簡素な建物。浮舟の三条の隠れ家の外でしばらく待たされた薫君が雨をしのぎながら詠んだ歌から。薫君26歳。

薫君は浮舟のことばかりを考えていた。

なんとかして手紙を送り親しくなりたいものだ、と思っていたが、あまりに身分が違うため、おいそれと行動することもできず、悶々とした日々を送っていたのだ。

いろいろ考えた末、弁の尼君に仲を取り持ってもらうことにした。

弁の尼君は、浮舟の母親で今は常陸介の妻となっている中将の君に、それとなく薫君の想いを伝えたのだが、中将の君は嬉しいながらも本気にはしない。

格段に身分の高い薫君が、いくら八の宮の隠し子だとはいっても自分のような身分の者を相手にするものか、と思っていたし、浮舟にはちょうど手ごろな結婚相手が見つかっていたからである。

結婚相手の左近少将《さこんのしょうしょう》(1)は実直な人柄だという評判だったし、身分も高すぎず低すぎず、浮舟に来た縁談の相手としては申し分がなかったのだ。

浮舟もだんだんその気になり始め、着々と結婚の準備が整っていたのだが、ある日、左近少将のほうから破談を申し入れて来た。

それは浮舟が中将の君の連れ子であって、常陸介の実の娘ではないという理由からである。

実は左近少将は常陸介の財産目当てだったのだ。

だから実の娘ではない浮舟とは破談にし、常陸介の実の娘との縁談を強引に申し入れて来たのである。

中将の君は、浮舟の不運を嘆きつつも、常陸介との娘と左近少将の縁談を進めた。

しかし浮舟を新婚夫婦と同じ邸に住まわせるわけにはいかなかったため、中将の君は浮舟の身を姉にあたる中の君のいる二条院に預けることにした(2)。

二条院に浮舟を連れて来た中将の君は豪華な造りの建物に感嘆する。

そのときたまたま偶然に匂宮の姿を見かけたのだが、あまりの美しさに中将の君は驚いた。

そして薫君の姿も見かけ、その品の良さにもまたあらためて驚き、自分のように宮の子を産んでも幸せになれない例もあるが、やはり浮舟の相手にはあのような立派な方々がよいのではないか、左近少将などで手を打たずにかえってよかったのかもしれない(3)、と思ったのである。

とはいえ中将の君は、自分にもしものことがあったら浮舟はきっと義理の父の常陸介にも大切にされないだろうから、恋愛などはあきらめさせたほうがよいのではないか、とも思っていた。

ある日の夕方、匂宮は二条院の西の対で見慣れぬ女性を見かけた。

まさかそれが中の君の妹の浮舟だとは知らない匂宮は浮舟のもとに近づいていった。

浮舟に言い寄っているうちに本当に可愛らしく美しい女性だと思った匂宮だったが、母の病を宮中からの使者に知らされてあきらめた。

このことを重く見た中将の君は、このまま浮舟を二条院に置いておいては危ないと考え、三条にある方違え用に借りていた小さな家に隠すことにした。


秋になって薫君は宇治に向かった。

宇治に八の宮と大君の菩提を弔うための御堂が完成した。

そこで薫君は弁の尼君に会い、浮舟が三条にいることを聞き、居ても立ってもいられなくなり、すぐに都へ戻った。

隠れ家を訪ね、浮舟に会った薫君は、

「かねてからあなたのことをずっとお慕いしていました」

などとかき口説く(4)が、物静かでおとなしい浮舟からは色よい返事が得られない。

そこで翌朝、強引に薫君は浮舟を抱き上げて牛車の中に入れ、一緒に宇治へ戻ったのである。

明るい光のもとで見れば見るほど浮舟は亡き大君にそっくりだった。

しかしやはり田舎育ちは否めず、大君のように気の利いたことが言えるわけでもなく、ものを知っているわけでもない。

薫君はそこに少しがっかりした。やはりこの人と大君は別人で大君は死んでしまったのだ、とわかっていたことをあらためて思い知らされたような気がしたのである。

注

（1）**左近少将**　内裏を警護する近衛府《このえふ》は左右に分かれており、その左近衛府の少将。210ページ注1も参照。

（2）中将の君は八の宮の北の方の姪でもあり、中の君とも知らぬ仲ではない。

（3）中将の君は従者として二条院にたまたま来ていた左近少将のぱっとしない姿を見、人々の陰口を聞いて、早まらなくてよかったと胸をなで下ろす。

（4）浮舟は処女だった。このとき、薫君と関係が生じたかどうかは定かではない。おそらく生じたであろう。

五十一……浮舟《うきふね》

「浮舟」 宇治川の対岸に渡る舟の中で、匂宮の歌に応えた浮舟の「このうき舟ぞ行方知られぬ」の歌（注1）から。この女主人公の通称の由来。薫君27歳。浮舟22歳前後。


匂宮は邸の中で出会った浮舟のことが忘れられなかった。

しかしその行方がわからないので探しあぐねていた。

中の君に尋ねても、浮舟の居場所を言わなかった。

正月早々のことだが、匂宮はたまたま浮舟から来た中の君への年賀の品を見つけた。

そこで浮舟が宇治にいることを知り、すぐに出かけることにする。

そしてやはりそこにかくまわれていた浮舟の姿を発見したのであった。

匂宮はその夜、薫君に成りすまして浮舟の寝所に忍び込んだ。

「あの日以来、あなたのことばかり考えていました。あなたを探してここまで来たのですよ」

などと浮舟をかき口説き、ついに関係を結んでしまった(2)。

浮舟は薫君に申し訳ないのと自分が情けないのとで、涙を流していたのだが、匂宮と一緒にいると感情が波立つのを感じた。

薫君とは違う激しい情熱家の匂宮の魅力にどんどん引きずられていったのである。

そんなことを何も知らない薫君は宇治に来るたび、相変わらず優しく、思いやりにあふれていた。

「新しい邸ができたら、あなたにも来てもらわなくてはなりませんね」

などと優しく言う薫君を見るにつけても浮舟は、とんでもないことをしてしまったという後悔にさいなまれるのだった。

とはいえ匂宮からも毎日のように情熱的な手紙が来ていた。

匂宮の好意を無視することもできず、浮舟は自分の定まらない心を抱えて悩み苦しんでいた。

あんなに親切にしてくれた異母姉の中の君にも申し訳は立たないし、何より薫君の温かい気持ちを裏切ったという事実が今さらながら浮舟の良心を責めていたのである。


二月には宮中で詩宴が開かれた。

そこで薫君は恋の歌を口ずさむ。

それは古いもの、誰でも知っている歌だったのだが、匂宮は薫君の浮舟への愛情を感じ、嫉妬に駆られて居ても立ってもいられなくなり、宇治に向かった。

その日は激しい雪だったが、匂宮の気持ちはそんなことでは抑えられなかったのだ。

こんな雪の日にわざわざ来てくれた匂宮の気持ちが浮舟にとっても嬉しく、対岸の別荘に舟で渡って、ふたりきりのときを過ごした。

浮舟は今まで薫君ほどの美男はこの世にはいないと思っていたが、こうして匂宮のそばにいると匂宮ほどのすばらしい男はいない、と思えてきた。

匂宮も匂宮で浮舟に夢中になっていた。

落ち着いて考えてみれば、中の君のほうが浮舟よりも美しいのは間違いないのだが、恋に酔いしれている匂宮にはそういうことすら冷静に判断がつかないのだった。

匂宮は絵を描いた。

「会えないときはいつもこれを見てください」

と言いながら、男女が睦みあっている絵を浮舟に手渡したりしたのである。

浮舟はそんな匂宮にますますひかれていく自分に気づいていたが、かといって誠実な薫君を裏切っている自分のことを許せずにいた。


何も知らない薫君は四月になって都に用意した邸に浮舟を迎える準備を整え始めていた。

浮舟の母の中将の君も、薫君の優しさをありがたがっていたし、まわりの女房たちも滅多にない縁だと喜んでいた。

しかし浮舟は匂宮に、もう会えないのではないでしょうか、と手紙を書き送った。

このまま中途半端なかたちでいつまでも両者との関係が続くわけもないことをいちばんわかっ

ていたのは浮舟自身だった。

そしてそれはある日、思わぬかたちで露呈したのである。

ある雨の日、薫君の従者が浮舟のもとに向かう使いを見つけた。

どうして匂宮の手紙を持った者が浮舟のところに行くのか不審に思った薫君の従者は、童《わらべ》に尾行させる。

そしてそれによって匂宮と浮舟との恋愛がついに発覚してしまったのである。

薫君は衝撃を受けた。

自分がこれほどまでに浮舟のことを大切に思って来たのに、いったい浮舟はどういうつもりなのだろう。

薫君は浮舟を責める手紙を書いた。

浮舟は匂宮とのことがついに薫君に知れたとわかり、いったいどうしたらよいのか混乱するばかりであった。

薫君は自分の配下の者たちに宇治の山荘をぐるりと取り囲ませ、誰ひとり入って来られないように警護させた。

浮舟を迎えに宇治までやってきた匂宮だったが、あまりに厳しい警護を見てあきらめ、都に戻って行ったのである。

浮舟は自分がとんでもないことをしてしまったということはわかっていた。

とはいえ匂宮をあきらめられないし、このまま薫君を裏切り続けていいのだ、というふうにも思えず、いっそ自分がいなくなってしまえばよいのではないか、と考えるに至った。

そして今まで匂宮からもらった恋文を始末した。

かつてあの楽しかったときに匂宮が描いた絵を眺めながら、浮舟はこの世で起こったことを考えていた。

幼い弟や妹や母のことを思い出して涙がこぼれてきたが、ついに浮舟は宇治川に身を投げようと決意し、匂宮に遺書をしたため[3]、母の中将の君に別れの歌[4]を残したのだった。

注

（1）「浮舟」は「憂き舟」でもある。

（2）匂宮は浮舟に声を出させないようにしたという。「ひたぶるにあさまし」と書かれているから、相当無体なことをしたのだろう。二条院でのふるまいと合わせ匂宮の性格が浮きぼりにされている。浮舟が「二条院でのあの人」と気づいたのは、ことの途中なので、すでにあらがいようがなかったという。

（3）浮舟は薫君には手紙を残していない。匂宮と両方に書くと、情報交換をされて自分が二股をかけていたかのように言われるだろうから、というのが理由。しかし、この世の最後に選んだのはやはり情熱的な匂宮で、薫君には恋情よりも後ろめたさのほうが強かったというのが本音ではあるまいか？

（4）母からの「あなたの良くない夢を見たので心配で」との手紙に応えて「のちにまた逢い見んことを思わなん　この世の夢に心まどわで」の歌を母に残した。また会えるのだから夢見なんか気にしないで、という返事に見せて、「夢のようだったこの世のことは忘れて、あの世で再会しましょう」の意。

五十二……蜻蛉《かげろう》

「蜻蛉」 トンボに似た昆虫。体がか弱く、ハネが薄い。短命の代名詞。宇治の姫君たちを回想して薫君が詠んだ歌「有りと見て手には取られず見れば また 行方も知らず消えし蜻蛉」から。薫君27歳。


浮舟がいなくなったことに気がついた宇治の山荘では大騒ぎになっていた。まるで物語の中の姫君が盗み出されたような状態だった。

匂宮も中将の君も心配して使いを寄越して来たが、行方はいっこうにわからない。

浮舟のおつきの女房たちは、きっと宇治川に身を投げたのではないか、と噂していた。

そして変な噂が流れる前に葬儀をしたほうがよいのではないか、と中将の君に進言した。

中将の君は忠告を受け入れ、浮舟の残した着物などを焼いてすぐに葬儀を執り行った。

そのころ石山寺(1)に参詣していた薫君は、自分が知らないうちに浮舟の葬儀が行われたことに激怒したが、あとから何を言ってももうどうにもならなかった。

浮舟がいなくなって気落ちしたのは薫君よりもむしろ匂宮のほうかもしれなかった。

匂宮は何日もぼんやり過ごしたあと、やはり自分が浮舟に関係を無理強いしなければよかったのではないか、と自分を責め続けていたのだ。

そんな匂宮の様子を聞いて、薫君はやはりあのふたりはただならぬ関係にあったのだ、と疑いを強くした。

そして病床にある匂宮を見舞った薫君は、

「とくに私の女というわけではなかったから、いつかあなたに紹介しようと思っていました。しかしもしかしてあなたはもうあの亡くなった浮舟のことをご存じだったのかもしれませんね」

などとかまをかけたりした。

しかし匂宮は悲しみを隠しながら、

「本当に哀れな話ですね」

と知らぬふりをするのだった。

そこで薫君は宇治に向かい、はっきりとしたことを女房たちから聞こうとした。

しかし浮舟の女房たちは適当なことを薫君に言い、匂宮と浮舟の関係を曖昧に説明するばかりだったので、本当のことはわからぬままだった。

薫君はそのころ律師になっていた阿闍梨に浮舟の供養を頼み、宇治をあとにした。

そのあと薫君は中将の君に弔問の使いを出した。

残された浮舟の小さい弟や妹の面倒も見てやらねば、と薫君は考えていた。

薫君は浮舟の四十九日忌もきちんと執り行い、浮舟の継父の常陸介を感激させた(2)。

夏のある日、明石の中宮が法華八講《ほっけはっこう》(3)を執り行うことになった。

亡き光君や紫の上の菩提を弔うためのその法会《ほうえ》はとても立派なものだった。

そのとき薫君は偶然に妻の女二の宮の異母姉である女一の宮を見かけ、その美しさに心を奪われてしまった。

そして妻の女二の宮を見るたび、その姉のことを考えたりするのだった。

匂宮は浮舟のことを忘れられずにいたが、さる式部卿宮(4)の姫にも心を奪われ始めていた。

ところがその式部卿宮の姫君のところには、ときどき薫君も話をしに通っていたのである。

遠い昔にふたりの縁談があったことで、薫君はこの宮の姫君(5)を親しく思っていた。

そして自分にはもう激しい恋をするつもりも機会もないと思っていたが、しみじみと宮の姫君と語りあうのは嬉しかった。

宮の姫君も、心もとない自分の行く末を相談できるのは、誠実な薫君しかいないので頼りに思っていたのである。

薫君は夕闇の中、外を飛び回る蜻蛉を眺めながら、我が身もそして宇治の姫君たちと自分との縁も、このはかない虫の命のようだと、物思いに沈むのだった。

注

（1）**石山寺**　103ページの注2を参照。

（2）常陸介は何も事情を知らなかったが、法事を仕切るのが薫君のような高貴な人で、しかもその式の立派なことに驚き、「生きていれば自分など及びもつかない運勢だったのだなあ」と打ちのめされ、浮舟を悼む。

（3）**法華八講**　法華経8巻を約4日間かけて修める儀式。

（4）これまでの式部卿宮とは別人。八の宮の兄弟（光君の異母兄弟）。蜻蛉の宮と通称される。故人。

（5）真木柱と螢兵部卿宮の娘・宮の姫君（211ページ）とは別人。

五十三……手習《てならい》

「手習」 心おもむくままに歌を書いたりして筆を執ること。巻名は、救い出されて小野の山荘に移された浮舟の唯一の心の慰めが手習いだったことから。薫君27〜28歳。

横川《よかわ》(1)に住む僧都《そうず》(2)は、その母尼《ははあま》が病に倒れたという話を聞いてあわてて山を下りた。母尼は僧都の妹尼と一緒に初瀬参りに出かけ、その帰途に突然、病気になってしまったらしいのだ。

僧都は母尼を宇治院(3)で療養させることに決めた。

その夜、僧都の弟子たちが、キツネが裏庭の大木の下にいると大騒ぎしていた。

それが人間の姿であることを確かめた僧都は、この人を助けるように、と弟子たちに命じた。

弟子たちが連れて来たのは白衣の若い女だった。

若い女がひとりで倒れていたのである。

僧都の妹尼は、

「これは数年前に亡くした私の一人娘の代わりに違いない。初瀬参りのときにそうお祈りしてきましたから」

と言い、これも観音様の縁だからと、その行き倒れの女を親切に扱うことにした。

だんだん母尼の病状が良くなってきたころ、妹尼はこの行き倒れの女も連れて比叡山の麓の小野の草庵(4)に戻った。

女の容体は一進一退を繰り返していたので、僧都は加持祈禱をすることにした。

すると女の目は覚めたのだが、名前を名乗らず、身元も言わないため、やはり女の正体はわからなかった。

「川に身を投げようかどうしようかと迷っているうちに、美しい貴公子に抱き締められる夢を見ました。そしてそのままわからなくなってしまったのです」

女は不確かな記憶をたどりながらひとりごちた。

女はこのままいっそ出家したい、と僧都に頼んだのだが、僧都は聞き入れなかった。

やがて秋になり、妹尼の死んだ娘のかつての夫だった人が草庵を訪れて、その女を見染めた。

なんとかこの女と親しくなりたいと思った男はいろいろ手を尽くすのだったが、女はそんなことには耳を貸さず、ただひたすら仏の道に精進しようとするのだった。

女は入水自殺をしそこなった浮舟だった。

浮舟はすべてを忘れようとして仏に祈る日々を送っていたが、匂宮への想いも薫君への想いもまだきっぱりとは断ち切れない気がして、思い余って僧都にもう一度、尼にしてくれ、と頼んだのだった。

この話が僧都から明石の中宮に伝わった。

そこに同席していた女房で薫君の情けを受けていた女性が、ああ、これは浮舟という人のことに違いない、と気づいた。

この女房から話を聞いた薫君は驚いたが、すぐには信じられなかった。

明石の中宮にその話を確認しようとした薫君に中宮は、

「匂宮にはこの話は内緒にしておきましょう。匂宮は女性関係が激しくて困りますから」

と言う。

その女が浮舟だとしたら、どうしてそんなところにかくまわれているのだろうか、また誰か男が通ったりしているのかもしれない、と薫君は考え、千々に心が乱れた。

薫君は、とにかくその話の真偽を確かめようと、仏事のために比叡山に行く(5)帰りに横川に寄ることにし、浮舟の弟を連れて比叡山へ向かったのである。

注
(1) **横川** 奥比叡の地名。比叡山のさらに北に修行場がある。
(2) **僧都** 僧の最高位である僧正に次ぐ位。紫式部の同時代の名僧で『往生要集』を著した源信僧都(恵心僧都)がモデルと言われている。60歳前後の設定。
(3) **宇治院** 宇治川北岸にあった、故・朱雀院の別荘という。

（4）この草庵は、一条御息所が以前療養に使っていた小野の山荘（194ページ）より少し奥という設定。横川にこもって修行していた僧たちも、小野までは下りてくることを許されていたらしい。

（5）毎月8日、比叡山の根本中堂で行われる薬師如来の縁日に、薫君はときどき参詣していたらしい。

五十四……夢浮橋《ゆめのうきはし》

「夢浮橋」 巻名の由来は不明。「世の中は夢のわたりの浮橋か　うち渡りつつ物をこそ思え」という出典不明の古歌を念頭に置いた光君の述懐が「薄雲」の巻にある。薫君28歳。浮舟23歳前後。


薫君のような身分の高い人が突然やって来たので、横川の僧都は驚いた。

そしていろいろもてなそうとするのだが、薫君はただ、行き倒れになっていた女のことだけを尋ねるのだった。

話しているうちに薫君はその女が浮舟に間違いないと確信した。

そして僧都は、この身分の高い人の想い人だった女を簡単に尼にしてしまったことを後悔したのだった。

そんなことよりも薫君は、浮舟が生きていたことがただただ嬉しく、ありがたさに涙を流した。

とにかくすぐにも浮舟に会いたいと思った薫君は、小野の草庵に小君《こぎみ》（弟）を連れて行ってほしいと僧都に頼んだ。

しかし僧都は、

「出家した人にそんなことをしたら、仏罰が当たりますから」

と言い、薫君の頼みを断ったのである。

仕方ないので薫君は、僧都に手紙を書いてもらい、自分の文も小君に持たせて草庵に届けさせた。

僧都の手紙には「薫君の苦しい気持ちが犯す罪を尼のあなたが晴らしておあげなさい(1)」と書かれていた。

浮舟は弟の突然の来訪に驚き、母や妹や弟たちとのかつての暮らしを考えると懐かしさに胸がいっぱいになったが、自分はもう仏に仕える身であると思い直して、気持ちをこらえた。

この小君とはとても仲良くしていて、生意気なところもあったが可愛かった、などと思い出すと浮舟は目頭が熱くなった。

そんな浮舟の様子を見ていた妹尼は、

「この子はあなたにそっくりですね。きっと弟さんなのでしょう。中に入れて差し上げましょうか」

と言うのだが、浮舟は首を横に振った。

そして、

「私は昔のことをすべて忘れてしまいました。この子も見たことがあるような気もしますが、もうそれは遠い昔のことです。今は誰にも知られずそっと生きていきたいのです。この手紙に書かれている人にはとくに知られたくないので、私のことは人違いだと伝えてください」

と言うのだった。

しかし使いの少年を絶対に浮舟の弟だと確信した妹尼は、小君を中に招き入れた。

それでも浮舟は小君のことを、まるで見たこともない他人に接するように冷淡に扱うのだった。とはいえ小君が持ってきた薫君の手紙には彼の芳しい香りが染み込んでいたので、浮舟は感極まって泣いてしまった。

妹尼は、

「とにかく返事を書きなさい」

と言うのだが、それでもなお浮舟は頑固に、人違いだと思います、と手紙を受け取ろうとはしなかった。

妹尼は、秘密の多い人だな、と浮舟のことをあらためてもう一度、見た。

小君はなおも、

「せめてお姉さまの声が聞きたいものです」

と言ったが、浮舟はそれにも答えなかった。

小君は、このままここに居続けることもできないので、仕方なく都に戻った。

すべての事情を薫君に話すと、薫君はひどく失望したが、その女はきっと浮舟に違いない、とますます確信を持った。

そしてかつて自分が浮舟を宇治にかくまっていたように、誰かが今、浮舟をかくまい、通い続けているのではないか、などと考えるのだった(2)。

〈了〉

注

（1）原文の「愛執の罪を晴るかしきこえたまいて」の解釈は分かれており、「出家した者として、薫君があなた（浮舟）に抱いた愛執の罪を消してやりなさい」ととることもできるが、そのあとの「たとえ1日でも出家には功徳があるのだから」という内容を受けて、「還俗して（俗人に戻って）薫君の気持ちに応えてやりなさい」という、融通無碍な僧都の提案だと読む傾向が強い。

（2）長編物語の最後にしてはやや物足りない終わり方だが、薫君に代表される男の身勝手さと、彼らに翻弄され、出家でしか救いを得られない女たちの宿命を対比させたと考えれば、これしかありえない幕切れとも言えよう。そして、この幕切れは、出家してもなお浮舟の迷いと苦しみは続くことを暗示している。

源氏物語メモ

◉著者はホントに紫式部？

源氏物語の著者は紫式部と言われています。しかし、紫式部の署名のある『源氏物語』という本が残っているわけではありません。源氏物語の一番古い写本でさえ紫式部の没後約200年のものです。ではなぜ紫式部の作とわかるのか。それは『紫式部日記』の内容からです。『源氏物語』という題も、いつのまにか、そう言い習わされてきただけで紫式部が命名したのかどうかはわかりません。

また今日私たちが読む源氏物語が、紫式部が書いた原稿そのものだという保証もありません。写本の際の誤写は避けがたいでしょうし、もっとも信頼できるとされるテキストは百人一首で有名な藤原定家の手によるものですが、さまざまに編集されている可能性があります。宇治の姫君たちの話をはじめとするいくつかの巻に複数の著者がいたのではないかとする研究者もいます。

しかし、仮に紫式部がすべてこのように書いたのではないとしても、この偉大な作品の価値が減ずることはないでしょう。

◉恋愛小説ではない？

源氏物語は世界最古の長編恋愛物語と言われます。しかし「恋愛」といっても今日のような恋愛ではありません。貴族は一夫多妻制度でしたし、女性は受け身で、性的な関係も、この物語ではほとんど強制的に生じています。

源氏物語は、この世では幸せを得られない女性たちが、出家によって救われようとする物語と見ることもできます。男たちの死がほとんど描かれないのに対して、女性たちの死は、克明にしかも最大級の哀悼をこめて描かれているのも理由のないことではありません。

◉新郎は新婦の実家へせっせと通う

当時、結婚の形式は婿取り婚でした。

男性は結婚した女性の実家へ通ってくるか、女性の家に住み込みました（生活が安定すると夫婦で独立しますが）。

男の生活の面倒は女の家で見ます。子どもができたあとで離婚したり女性が死んだ場合、その子どもは女性の家で引き取ります（69ページ注11の夕霧の例）。

姫君を持つ高級貴族の最大の望みは、娘を、帝（や東宮）に嫁がせること（＝入内）です。娘が皇子を授かれば、自分が天皇の祖父（外祖父）になれるか、その可能性が高くなります。

これは単なる名誉欲ではありません。天皇の後見人として政権を掌握しやすくなるのです。

◉天皇を婿にとりたい!?

娘を帝に嫁がせるのがベストと書きましたが、じつはこれも婿取り婚と見ることができます。後宮という出張所に娘を出して、そこへ帝に通ってきてもらうと考えればわかりやすいでしょう。生まれた子（皇子）は、娘の親である自分たちが面倒を見ることができるのです。

後宮には、多いときには10人以上の妃たちがいたようですが、これは帝が好色だったわけではありません。妃たちの序列（中宮、女御、更衣）は父親の身分によって決まりました。したがって帝も、できるだけその序列どおりにお妃たちを愛さなければならないのです。帝の子を誰が授かるかは、妃の親にとっても重要な問題だったのですから。

桐壺帝が桐壺更衣を愛しすぎたことの問題点が、これで明らかでしょう。桐壺更衣は、当時の制度や考え方によって命を縮められたとも言えるのです。

◉3日通い続けないと結婚できない！

結婚の儀式も紹介しておきましょう。

たいてい仲介者がいたようですが、結婚話が決まると、男は吉日の夜に女性の家を訪ね、関係を持ちます。夜が明けぬうちに帰るのがマナーで、帰宅後、すぐに手紙を書きます。手紙は早いほど誠意があると判断されます（198ページの注4を参照）。こうして男性は3日間通い続けます。途中でやめれば結婚しないという意思表示になりますが、たいへんな非礼です（匂宮が中の君のためにはるばる宇治まで3日間通い続けたことを思い出してください）。

3日目の夜、結婚成立を祝って「露顕《ところあらわし》」という披露宴のような儀式を行います（新郎の親たちは出席しないのが普通でした。現代とは大違いですね）。ここで「三《み》日夜《かよ》の餅」を食べると「めでたしめでたし」ということになります。

光君は紫と強引に男女関係を結びましたが、惟光に命じてちゃんと三日夜の餅を作らせています。その意味では正式な結婚です。しかし女三の宮が六条院に輿入れしてくると居場所を明け渡さなければならなかったことからわかるように、紫の上の立場は不安定でした。それは父の後見を得られず、婿としての光君の面倒を見ることができなくて、逆に男の家に連れてこられてしまったことに起因しています。

◉恋愛はどう始まる？

当時の結婚は政略結婚か、そうでなければ評判結婚です。男性は「どこどこの姫君はすばらしいようだ」という評判を耳にすると、コネを作り、せっせと手紙（和歌）を送ります。返事の歌がくればしめたもの。そして手紙の内容はもちろん、和歌の実力とそこからわかる教養や筆跡、選んだ紙（とても貴重な品でした）、紙にたきしめられた香などから相手のイメージをふくらませていきます。

やがて相手の心も開き、会ってもらえるようになれば（女房を介し、几帳や御簾を隔てて、ですが）もう一歩です。源氏物語では「会う」とか「見る」という言葉が、そのまま男女関係を暗示することがあるのはこのためです。

男女関係になっても女性はなかなか顔を見せません。男の兄弟にも顔は見せないのです。当時の夜の闇の深さも想像してください。光君が、すでに何度も契っている末摘花の顔を雪の日に見て驚くのにはこういう背景があるのです。

しかし恋愛のきっかけがすべて評判だけでは単調なので、源氏物語では垣間見《かいまみ》という方法を多用しています。これは物語のお定まりの様式です。

光君が生涯でもっとも愛した紫の上との関係は、垣間見によって実際の姿を見たことから始まりました。そして強奪によって妻にし、お披露目もしていません。この手続きは乱暴ですが、これこそ空疎な約束ごとに縛られない、当時としては情熱的な恋愛と結婚だったのではないでしょうか。

◉中将の君って、どの中将の君？

源氏物語を読むとき（現代語訳でも）、一番厄介なのは人の名の繁雑さかもしれません。原典には本名を記してある人はほとんどいません。男性は官職や位の名で呼ばれ、しかも昇進に従って呼び名は変わっていきます。女性は夫や父の官職名で呼ばれたり、「どこそこの御方」と、住んでいる御殿、場所などの名で呼ばれたりと、私たちを混乱させます（紫式部の「式部」も、父親が式部丞だった時期があるところから）。

光君の義兄で生涯の友でありライバルだった頭の中将にしても、よく使われるものだけで約10回も名を変えます。さらに頭の中将という名の別人が他に4人も登場します。また、中将の君という女性は4人も出てきますが、光君も、先の頭の中将も「中将の君」と呼ばれていた時期があるのですから読むほうも大変です。

生涯に3度の現代語訳を試みた谷崎潤一郎は「人の名をそれと露骨に指さないで、間接な方法で言い現わすことは、今もわれわれの一部に残っている奥床しい習慣の一つである」と書いています。

◉源氏名とは？

今も残るといえば、接客業などで使う営業用の名のことを「源氏名《げんじな》」と言いますが、どのような経緯があるのでしょうか。

まず室町時代の下女たちが、源氏物語の54の巻のうちから好みの名を名乗るようになりました。上級中級の女房たちは相変わらず官職名をつけていましたから、そういう名をつけられない女性たちの間で流行ったのでしょう。これは大奥女中に引き継がれ、江戸の幕末まで用いられました。やがて遊女たち、それも位の高い遊女たちの名につけられるようになったのは、そういう名を大奥女中たちがつけていたことを知っていた男性客が喜んだからでしょう。

現代では「本名ではない名」という意味で源氏名という言葉だけは残りました。

源氏物語の影響は、他にも能や香道などにも残っていますが、千年も前に書かれた物語が今も読み継がれ、外国にも多くの研究者がいることには驚くばかりです。まさに世界的な日本の文化遺産といってよいでしょう。

〈参考資料〉

◆原典と訳

古典セレクション　源氏物語（阿部秋生／秋山虔／今井源衛／鈴木日出男・校注と訳　全16巻　小学館）
潤一郎訳　源氏物語（谷崎潤一郎　全5巻　中公文庫）
源氏物語（瀬戸内寂聴　全10巻　講談社）
新源氏物語（田辺聖子　全3巻　新潮文庫）
窯変　源氏物語（橋本治　全14巻　中公文庫）

◆解説ほか

源氏供養（橋本治　全2巻　中公文庫）
源氏の意匠（ショトル・ミュージアムシリーズ／小学館）
源氏物語（全2巻　角川mini文庫）
源氏物語絵巻の謎を読み解く（三谷邦明／三田村雅子　角川選書）
源氏物語を行く（文・秋山虔／写真・中田昭　ショトル・トラベルシリーズ／小学館）
源氏物語手鏡（清水好子／森一郎／山本利達　新潮選書）
『源氏物語』の男たち（田辺聖子　講談社文庫）
源氏物語ハンドブック（鈴木日出男・編　三省堂）
源氏物語ハンドブック（秋山虔／渡辺保／松岡心平・編　新書館）
源氏物語必携事典（秋山虔／室伏信助・編　角川書店）
源氏物語　六條院の生活（五島邦治・監修　風俗博物館・編集　青幻舎）
週刊朝日百科　世界の文学24「源氏物語」（朝日新聞社）

新明解古語辞典（金田一京助・監修　金田一春彦・編集代表　三省堂）
速習源氏物語がわかる！（中野幸一・監修　かんき出版）
女人源氏物語（瀬戸内寂聴　全5巻　集英社文庫）
光源氏の一生（池田弥三郎　講談社現代新書）
わたしの源氏物語（瀬戸内寂聴　集英社文庫）

装幀　山影麻奈
装画　立原圭子
挿画　松永由美子

島村洋子　しまむら・ようこ
1964年大阪府生まれ。帝塚山学院短期大学卒業。証券会社勤務を経て文筆業へ。85年「独楽（ひとりたのしみ）」でコバルト・ノベル大賞を受賞し、作家デビュー。『王子様、いただきっ！』『壊れゆくひと』『せずには帰れない』『てなもんやシェイクスピア』『野球小僧』『家族善哉』『バブルを抱きしめて』など著書多数。

本作品は二〇〇〇年七月に小社より刊行された『紫式部 源氏物語 全一巻』を改題し再編集したものです。
※注と源氏物語メモは編集部で加えました。

まるわかり！ これからはじめる源氏物語《げんじものがたり》
二〇二三年十一月二五日　第一刷発行

著者　島村洋子
発行者　箕浦克史
発行所　株式会社双葉社
〒162-8540
東京都新宿区東五軒町3-28
電話　03-5261-4818（営業部）
03-5261-4833（編集部）
http://www.futabasha.co.jp/
（双葉社の書籍・コミック・ムックが買えます）
印刷所・製本所　中央精版印刷株式会社

ISBN978-4-575-31839-5 C0093

双葉社好評既刊

れんげ出合茶屋

泉ゆたか

元お嬢様の志摩、働き者の咲、妙な色気のある香。わけあり女が上野池之端で始めた商いは、男と女の逢瀬の茶屋。絶品料理とある秘策で店は大評判になるが⁉　喧嘩して、泣いて笑って働いて、お江戸の女が元気をくれる傑作時代小説。

双葉社好評既刊

行きつ戻りつ死ぬまで思案中

垣谷美雨

老後のあり方、お金の心配、そして人間関係の悩みなど、70篇どれも「よくぞ言ってくれた！」と思わず膝を打つこと必至！　作家の喜怒哀楽がここにある。自分をさらけ出し、垣谷節が炸裂する著者初の痛快エッセイ集。

双葉社好評既刊

華ざかりの三重奏

坂井希久子

独身子なし、仕事一筋で生きてきた可南子は、定年退職後どう生きるべきか途方に暮れていた。そんなとき、子育てと介護を終えたかつての友人・芳美から、一緒に暮らさないかと誘われて……。不安は尽きぬとも今を楽しむ令和の還暦小説！

双葉社好評既刊

今日の花を摘む

田中兆子

私の趣味は、男性との肉体を伴ったかりそめの恋。それを、ひそかに「花摘み」と呼んでいる——。自分の心と身体を偽らない女たちの姿と、その連帯を描く。中高年世代の性愛にタブーを怖れず挑んだ長編小説。